KB265451

마룡의 후예

송진용 新무협 판타지 소설

FANTASTIC ORIENTAL HEROES

마룡의 후예 4

송진용 新무협 판타지 소설

초판 1쇄 찍은 날 § 2010년 4월 20일
초판 1쇄 펴낸 날 § 2010년 4월 26일

지은이 § 송진용
펴낸이 § 서경석

편집장 § 문혜영
편집 § 이수민

펴낸곳 § 도서출판 청어람
등록번호 § 제1081-1-89호
등록일자 § 1999. 5. 31
어람번호 § 제2-1918호

주소 § 경기도 부천시 원미구 심곡2동 163-2 서경B/D 3F (우) 420-822
전화 § 032-656-4452 팩스 § 032-656-4453
http://www.chungeoram.com
E-mail § chungeoram@chungeoram.com

ⓒ 송진용, 2010

ISBN 978-89-251-2155-0 04810
ISBN 978-89-251-2086-7 (세트)

魔龍

마룡의 후예 後裔

송진용 新무협 판타지 소설

4

절대마도
(絶對魔刀)

도서출판 청어람

目次

第一章
죽을 자와 살 자

마룡의
후예

마룡의
후예

다시 그곳으로 돌아왔다.

그곳은 여전히 짙은 운무에 가려져 있었다.

황량하고 음산하다.

그 안개 속에 수없이 솟아 있는 바위들이 하나같이 저를 노리고 웅크리고 있는 괴물들 같아 보였다.

오싹한 소름이 돋는다.

운도는 그 짙은 안개 속으로 천천히 걸어 들어갔다.

그날, 제가 처음 이 지옥에 떨어졌던 그날의 그곳을 찾아가려는 것인데 이처럼 짙은 안개 속에서는 길을 찾기가 쉽지 않았다.

오직 제 감각과 희미한 기억력에 의지할 뿐, 이제는 어디가 북쪽이고 남쪽인지도 알 수 없었다.

운도는 무엇에 홀린 것처럼 무작정 안개를 헤치며 앞으로 나아가기만 했다.

본성이 그를 이끄는 유일한 길잡이였다.

그리고 놀랍게도 그는 처음 제가 떨어졌던 그곳으로 조금씩 가까이 다가가고 있었다.

이 근처 어디일 것이라는 믿음이 든 순간 운도는 불길한 어떤 느낌에 우뚝 멈추어 섰다.

누군가 있었다.

그들인가? 하는 생각이 든다.

그렇다면 추노를 만날 수 있게 될 것이다.

이곳을 벗어나려고 하는 자는 모두 죽일 것이라는 경고의 말이 떠올라 꺼림칙해졌지만 그렇다고 되돌아갈 수는 없다.

운도는 몸을 낮추고 긴장을 유지하며 조금씩 안개를 헤쳐 나아갔다.

그리고 한 바위 아래를 소리없이 돌아갔을 때 누군가 크게 외치는 소리를 들었다.

"나를 막는 자는 모두 죽여 버리겠다! 너희들도 예외는 아니다!"

귀에 익은 음성 아닌가.

운도가 걸음을 멈추고 더욱 귀를 기울였다.

저 안개 속에서 무슨 일인가 벌어지고 있는 게 틀림없었다.

저보다 먼저 이곳에 온 자가 있다는 게 의외이기도 했다.

다시 "이얏!" 하는 기합성과 함께 십여 장 앞의 안개가 요동을 치고, 무엇이 서로 부딪치는 듯 꽝, 꽝, 하는 둔탁한 소리가 연이어 들려왔다.

그건 누가 싸우고 있는 소리였다.

그리고 운도는 그 음성의 주인이 누구인지 생각해 냈다.

'표사군? 그가 왜?'

분명 조금 전 외친 자와 지금 저렇게 악을 쓰듯 기합성을 터뜨리고 있는 자는 표사군이 틀림없었다.

"으흐흐흐—"

그리고 음침한 웃음소리와 휙, 휙, 하고 바람을 가르는 소리에 이어서 표사군의 신음 소리도 들렸다.

격렬한 싸움을 하고 있는 게 틀림없었다. 짙은 안개가 마구 요동을 치고 있었던 것이다.

안개를 헤치며 급하게 다가간 운도가 "헛!" 하고 놀란 숨을 삼켰다.

과연 표사군이 한 명의 흑의장한과 격렬하게 싸움을 하고 있었다.

흑의장한은 두건으로 얼굴을 가리고 있었는게, 번쩍이는 칼을 휘둘러 맹렬하게 표사군을 몰아치고 있는 중이었다.

표사군은 그의 무기인 가느다랗고 긴 회초리를 휘둘러 대항하고 있었다.

그러나 아무리 악을 써도 그것으로는 흑의장한의 칼을 당해낼 수 없어 보였다.

게다가 흑의장한의 무공은 운도가 깜짝 놀랄 만큼 고명했
다.

도법이 신랄하고 매서운데다가 손속에 인정이 실려 있지 않
았다.

표사군은 매번 아슬아슬하게 머리통이며 목덜미, 어깨에 떨
어지는 흑의장한의 칼을 피하고 있었는데, 갈수록 보법이 어
지러워졌다.

누가 보아도 위태로운 지경에 몰리고 있다는 걸 한눈에 알
수 있었다.

"이얍!"

표사군이 발악하듯 기합성을 터뜨리며 회초리를 휘둘러 쳤
다.

그것이 채찍처럼 목을 휘감아오지만 흑의장한은 "흥!" 하고
코웃음을 칠 뿐이었다.

조금도 두려워하지 않는다.

휘익―

그가 미끄러지듯 다가서며 힘껏 칼을 휘둘렀다. 단번에 표
사군의 몸뚱이를 두 쪽으로 내고도 남을 힘이 실려 있는 일격
이었다.

표사군의 안색이 창백해졌다. 피가 나도록 입술을 악물고
있는 게 보인다.

퍽!

그가 재빨리 회초리를 거두어들여 칼을 휘감았다. 그러나

칼을 막기는커녕 그 즉시 서너 토막으로 잘려졌을 뿐이다.

흑의장한은 본래의 무공이 강한데다가 내력을 쓸 수 있었다.

게다가 칼마저 들었으니 표사군 같은 자가 두세 명 더 있다고 해도 너끈히 상대해 낼 수 있을 것이다.

하지만 표사군에게는 그 누구보다 끈질기고 지독한 독기가 있었다.

그건 흑의장한보다 열 배는 강한 것이었다.

그 끈질김과 독기야말로 이 지옥이 그에게 베풀어준 최대의 혜택이라고 해야 하리라.

회초리를 내던진 표사군이 이를 악물고 흑의장한이 휘두르는 칼바람 속으로 뛰어들었다.

거친 숨을 씩씩거리며 두 주먹을 휘둘러 치는 것이 흉맹하기 짝이 없었다.

죽더라도 너의 얼굴이나 팔다리 중 하나쯤은 뭉개놓고 말겠다는 각오가 넘쳐 난다.

"규칙 일조!"

흑의장한이 날렵한 신법으로 표사군의 주먹을 피하며 소리쳤다.

"제멋대로 이곳을 떠나려는 자는 죽는다!"

부웅—

표사군의 주먹이 아슬아슬하게 그자의 얼굴을 스쳐 갔다.

"규칙 이조! 기한이 차기 전에 이곳에서 나가려는 자는 죽는다!"

쉬잉―

장한의 칼이 벼락처럼 떨어졌다.

표사군이 비틀거리면서도 용케 그것을 피했다.

"규칙 삼조! 달아나는 자는 죽는다!"

추노에게 들었던 그 세 가지이면서 결국 한 가지인 규칙을 장한이 큰 소리로 외쳐 상기시켜 주었다.

그러나 표사군은 코웃음으로 대꾸했을 뿐이다.

그는 이미 죽기를 각오한 것 같았다.

권법을 장법으로 바꾸어 더욱 용맹하게 장한에게 부딪쳐 가기만 했다.

운도는 표사군의 장법이 신통하다고 생각했다.

조법과 권법, 금나의 수법이 복잡하게 섞여 있는 그것이 잠시 흑의장한을 어리둥절하게 했다.

그러나 오래갈 수는 없었다.

맨손보다 도검을 쥔 자가 유리한 법이다.

초식이 뒤떨어진다고 해도 내공이 뛰어난 자가 역시 유리한 고지를 차지한다.

사정이 그러하니 더 말할 것 없다.

흑의장한은 표사군의 악에 받친 공격에 잠시 주춤했을 뿐, 이내 칼을 휘둘러 쳐왔다.

표사군이 내공도 없이 맨손으로 흑의장한에 맞서서 그만큼 싸울 수 있다는 게 기적에 가까운 일이었다.

운도는 그가 곧 위기에 처할 것임을 짐작했다.

표사군이 죽도록 놔두어야 할지, 제가 가세해야 할지 판단하기 어려웠다.

표사군을 구하기 위해 뛰쳐나가면 자신 또한 흑의장한의 칼에 죽게 될 것이라는 두려움이 있었던 것이다.

"으악!"

기어이 표사군의 입에서 비명 소리가 터져 나왔다.

그가 흑의장한의 칼에 옆구리를 길게 베어 비틀거리며 물러서고 있었다.

붉은 피가 뚝뚝 떨어져 금방 하체를 온통 적신다.

휙—

장한은 기어이 표사군을 죽이고야 말겠다는 것 같았다.

한 점의 망설임도 없이 즉시 쫓아 들어가며 힘껏 칼을 휘둘렀다.

그 순간 표사군이 돌부리에 걸려 뒤로 자빠졌고, 그 덕에 장한의 일격은 아슬아슬하게 그의 이마를 스치고 지나갔다.

'속전속결!'

운도의 머릿속에 번갯불처럼 하나의 생각이 스치고 지나갔다.

그리고 그 즉시 몸을 숨기고 있던 바위를 버리고 뛰쳐나갔는데, 장왕 진사곤으로부터 배운 신법을 최대한 발휘한 도약이었다.

장왕이 이름을 가르쳐 주지 않았으므로 운도는 그것에 그의 장법을 따서 무형신보(無形神步)라는 제법 그럴듯한 이름을 붙이고 있었다.

그것을 최대한 펼치자 아무런 소리도 나지 않았다.

무게도 형체도 없는 허깨비가 도약한 것 같다.

흑의장한이 막 표사군을 내리찍기 위해 칼을 번쩍 들어 올린 순간이었다.

부웅—

갑자기 뒤통수에 떨어지는 무지막지한 바람 소리를 듣고 그가 크게 놀라 "억!" 하는 비명을 터뜨렸다.

급히 몸을 기울여 맴돌며 순식간에 일 장여나 물러서는 신법이 놀라웠다.

그러나 기습의 효과를 단단히 노리고 있는 운도의 몽둥이에서 완벽하게 벗어날 수는 없었다.

부웅—

미끄러지듯 쫓아 들어가며 휘두르는 몽둥이의 그림자가 허공에 가득했다.

머리 위에서 낙뢰 한줄기가 떨어지는 것 같은 그 기세와 쾌속함에 장한은 자신이 칼을 들고 있다는 것마저 잠시 잊은 듯했다.

운도는 쾌도왕의 절기를 펼치고 있었다.

그것이 칼이 아니라 몽둥이로 펼쳐지고 있다는 게 다를 뿐이다.

하지만 그 눈부신 쾌속함과 힘의 통제는 완벽했다.

장한이 미처 칼을 들어 막거나 신법으로 피할 틈을 주지 않는다.

이를 악문 운도가 숨을 멈춘 채 미친 듯 쳐들어갔다.

그 재빠른 보법 또한 흑의장한을 놀라게 하기에 충분했다.

한 걸음 물러서면 운도가 어느새 지척에 달라붙어 몽둥이를 내려쳤는데, 마치 제 그림자이기라도 한 것처럼 좀체 떼어놓을 수가 없었다.

그처럼 무지막지한 힘을 실었고, 뇌전처럼 후려치면서도 운도가 그것의 방향을 마음대로 바꾸고 조절하는 데에는 기가 막힐 뿐이다.

그 어떤 초식도 이보다 무섭지 않을 것이고, 그 어떤 절기도 이처럼 격렬하지 않을 것이다.

흑의장한의 가슴속에 두려움이 왈칵 밀려들었다.

숨 돌릴 틈도 주지 않는 운도의 그 맹렬한 공세 앞에서 흑의장한은 손발을 허둥대기만 할 뿐 반격의 엄두조차 낼 수 없었다.

다섯 차례의 공세를 피했다는 것만으로도 흑의장한은 대단한 솜씨를 보인 것이다.

그리고 거기까지가 그의 한계였다.

쾅!

기어이 어깨에 떨어지는 몽둥이.

흑의장한은 이를 악물고 신음을 참았지만 온몸이 부서지는 것 같은 고통은 견딜 수가 없었다.

“끄응—”

그가 된 숨을 내쉬며 털썩 주저앉았다.

어깨뼈가 부서져 칼을 쥔 손이 축 늘어져 땅에 끌린다.

비로소 “혹—” 하고 급하게 숨을 들이마신 운도가 눈을 부릅뜨고 이를 악문 채 몽둥이를 번쩍 들어 올렸다.

그대로 내려치면 흑의장한의 머리통은 박살이 나버리고 말 것이다.

흑의장한이 질끈 눈을 감았다.

그러나 몽둥이는 떨어지지 않았다.

아주 잠깐 갈등하던 운도가 몽둥이를 내던지고 이내 표사군에게 달려가 그를 들쳐 업었다.

뒤도 돌아보지 않고 짙은 안개 속으로 뛰어들어 사라진다.

“휴—”

흑의장한이 비로소 안도의 숨을 내쉬며 몸을 축 늘어뜨렸다.

부서진 어깨의 고통도 잊은 채 아직도 제 머리통이 무사하다는 걸 확인하려는 듯 좌우로 고개를 비틀어본다.

*　　　*　　　*

음침한 어둠이 깃들어 있는 대전(大殿).

두 사람의 흑의인이 차가운 돌바닥에 이마를 대고 부복해 있었다.

한 명은 어깨를 흰 천으로 둘둘 감고 팔에 부목을 한 장한이었고, 다른 한 명은 구레나룻이 무성한 중년의 대한이었다.

대전 북쪽에 단이 마련되어 있었는데, 그곳에 말없이 앉아 있는 사람은 추노였다.

감은 것처럼 가늘게 뜬 눈으로 두 사람을 내려다보고 있다.

숨 막히게 하는 적막이 오랫동안 계속되었다.

"바보 같은 놈."

비로소 낮고 차갑게 흘러나온 그 한마디에 흑의장한이 부르르 어깨를 떨었다.

그는 곡주인 추노가 무엇을 책망하는 건지 잘 알고 있었다.

입이 열 개라고 해도 변명할 말이 없다.

추노가 다시 입을 꾹 다물었다.

가늘게 뜬 두 눈에서 싸늘한 한광이 쏟아져 나올 뿐 영영 입을 열 것 같지 않았다.

그 앞에서 두 흑의인은 감히 숨조차 크게 쉬지 못했다.

흑염라(黑閻羅) 추과양(秋果陽).

그게 추노의 정체였다.

과거, 그는 홍안적성의 좌군을 이끄는 선봉장으로서 무림맹과의 혈전에서 혁혁한 공을 세웠다.

그가 펼치는 천강장(天罡掌)과 파양검법(破陽劍法)은 무림맹의 공포가 아니었던가.

그 극강한 장법과 음사한 검법 앞에서 얼마나 많은 무림맹의 고수들이 피를 뿌렸는지 모른다.

마교의 십대천마에게는 미치지 못했으나 그때의 일로 인해 흑염라 추과양의 무서움은 강호를 진동시키기에 충분했다.

그러던 그가 무림맹과의 정사대전 와중에 죽었다고 알려졌다.

그 후 오랫동안 강호에 모습을 보이지 않았으므로 지금은 다들 그의 죽음을 믿고 있었다.

하지만 그는 그동안 신분을 감추고 스스로 종을 자처하면서 상왕 황준보를 호위해 오고 있었다.

그런 추노에게 이곳, 지옥곡의 곡주라는 신분은 어울리지 않았다.

그는 마교의 총교당에 들어가 예전과 같이 호법의 자리에 앉아 있어야 마땅한 사람인 것이다.

잠시 침묵을 지키던 추노가 결연하게 말하고 일어섰다.

"적조와 남조도 투입한다. 더욱 물샐틈없이 지키도록. 목숨을 걸어라."

"존명!"

두 흑의인이 우렁차게 대답했다.

"그가 왜 갑자기 이곳에서 도망치려고 했을까요?"

어깨를 흰 천으로 둘둘 감고 팔에 부목을 한 흑의장한이 불만스런 얼굴로 물었다.

그는 흑조(黑組)에 속한 자로서 흑사(黑四)로 불린다.

구레나룻이 무성한 중년의 대한이 고개를 가로저었다.

흑조의 조장인 대흑(大黑)이다.

그는 마음이 편치 못했다.

지옥곡의 제일 경계선을 지키는 건 자신의 흑조가 전적으로 담당했던 일인데 이제 적조(赤組)와 남조(藍組)까지 불러들여야 할 수밖에 없기 때문이다.

그건 자존심이 상하는 일이었다.

그러나 한 번 명령을 받은 이상 거역할 수 없다.

묵묵히 걷기만 하던 대흑이 한참 만에야 흑사의 물음에 대답했다.

"그는 달아나려고 했던 게 아닐 게다."

"아니란 말입니까?"

"그렇다. 달아나려고 했던 자는 그가 아니라 표사군 그놈이었지."

"그렇다면 그 애송이 놈은 대체 무엇 때문에 이곳에 왔단 말입니까?"

"그거야 알 수 없지."

두 사람의 얼굴이 심각해졌다.

"흑사, 네가 당한 게 쾌도왕의 도법이었다고?"

대흑의 물음에 흑의장한이 분한 슴을 가까스로 참으며 공손히 대답했다.

"그렇습니다. 쾌도왕의 도법이 틀림없었슴니다."

"네가 미처 손을 써볼 새도 없이 당했다니 그는 이미 도법의 상당한 경지에 이른 모양이구나."

그러니 흑사가 맥없이 당해 이 모양이 된 걸 탓할 수만도 없
었다.

제 발끝만 보고 걷던 대흑이 혼잣말처럼 중얼거렸다.

"그런데 표사군 그놈은 왜 갑자기 탈출하려고 했던 것일
까?"

그동안 잘 적응하면서 지옥곡의 일인자로 군림해 온 놈 아
니던가.

최근 단운도가 부각되기 전에는 모두가 그놈에게 기대를 잔
뜩 걸고 있었다.

그런 놈이 갑자기 이곳을 떠나려고 한 것은 어떤 이유가 있
기 때문일 것이라고 생각했다.

그게 무엇인지 알 수 없지만 꺼림칙한 느낌이 든다.

이곳에 데려온 자들은 모두 철저히 뒷조사를 했고, 몇 년에
걸쳐 면밀히 관찰한 다음에 접근했다.

태생이라던가 신분은 물론 자질에 있어서도 아무런 하자가
없는 자들로만 선별해서 유인해 온 것이다.

그러니 표사군에게 어떤 비밀이 있을 수 없다.

하지만 그는 목숨을 걸고 달아나려고 했다.

"왜?"

대흑이 풀 수 없는 수수께끼를 대한 것처럼 잔뜩 인상을 찡
그리고 멈추어 섰다.

"그는 왜 나를 만나려고 했을까?"

추노의 음성이 적막한 대전 안에 웅웅거리며 공허하게 울렸다.

자신의 질문에 대한 답을 찾으려는 듯 곰방대를 손에 쥔 채 골똘하게 무엇을 생각하더니 빙긋 웃었다.

"상관없는 일이지. 어쨌든 그가 쾌도왕 각하의 도법을 그 정도로 익히고 있다니 다행이다. 두 분의 기대가 머지않아 빛을 발하겠어."

쾌도왕 갈포참과 상왕 황준보를 생각하고 운도를 생각하자 절로 마음이 흐뭇해지는 추노였다.

이제는 단운도가 지옥에서 유일하게 살아남는 자가 될 것임을 더욱 믿게 된 것이다.

그의 생존에 대한 근심을 덜 수 있게 되었으니 무거운 짐 하나를 내려놓은 것처럼 어깨가 가벼워졌다.

곰방대를 깊이 빨아들이는 추노의 주름 가득한 얼굴이 빛을 내는 것 같았다.

*　　　*　　　*

운도는 숨이 턱에 차도록 정신없이 달렸다.

흑의장한들이 칼을 휘두르며 쫓아오고 있는 것만 같아 잠시도 쉴 수가 없었던 것이다.

표사군을 업고 있지만 무거운 줄도 몰랐다.

이미 그의 체력은 인간의 한계를 뛰어넘고 있는 것 같았다.

짙은 안개 속을 헤치고 바위 사이를 돌아 달려나가는 걸음
에 힘이 넘쳐 난다.

그렇게 두어 식경을 달리고 나자 비로소 조금씩 지쳐 가기
시작했다.

드디어 한 걸음을 내딛는 게 천 근의 짐을 진 것처럼 무거워
졌고, 숨이 턱에 찼을 때 그는 운무 지대에서 벗어날 수 있었
다.

운도가 개울가의 따뜻한 모래 위에 표사군을 던지듯 내려놓
고 그 곁에 길게 누워버렸다.

표사군의 옆구리 부상은 보기보다 심각했다.

피는 이제 거의 멎어 있었으나 쩍 벌어진 상처를 통해 내장
이 들여다보일 지경이었다.

그동안 흘린 많은 피로 인해 표사군의 안색은 물론 온몸이
밀랍처럼 창백해져 있었다.

그가 비로소 의식을 차린 듯 운도를 향해 천천히 고개를 돌
렸다.

생기없는 눈으로 멍하니 바라본다.

"살아날 거다. 너무 걱정하지 않아도 돼."

운도의 말에 표사군이 피식 웃었다.

"너는 그걸 걱정할 처지가 아닐 텐데?"

"뭐라고?"

"죽게 내버려 둘 것이지 왜 나를 구한 거냐?"

표사군의 말은 운도를 책망하는 것 같았다. 그래서 운도는

'내가 잘못 들었나?' 하고 의아해했다.

표사군이 기력이라고는 없는 음성으로 다시 말했다.

"그랬으면 손도 대지 않고 네 최대의 장애물 하나를 해치운 셈이 되었을 것 아니냐?"

운도는 제가 잘못 들은 게 아니라는 걸 알고 히죽 웃었다.

"적어도 이곳에서 그 흑의인들보다는 네가 더 가까우니까. 그들과 싸움이 벌어지면 아무래도 나는 네 편을 들어줄 수밖에 없겠지."

"가깝다고?"

운도의 말에 표사군이 어리둥절한 얼굴을 했다가 입을 크게 벌렸다.

터져 나오는 웃음을 참지 못하고 큭큭거리더니 기어이 심하게 기침을 했다.

고통스러워한다.

운도는 그를 바라보기만 했다. 한동안 괴로워하던 표사군이 헐떡이며 말했다.

"웃기는 놈이군."

졸졸거리며 흘러가는 맑은 개울물 소리가 두 사람의 침묵을 갈수록 깊어지게 했다.

"나를 죽여."

표사군이 불쑥 말했다.

"지금이 유일한 기회다. 지금 나를 죽이지 않으면 너는 후회하게 될 것이다."

“어째서?”

“내가 너를 죽일 테니까.”

“네 손에 죽게 될 운명이라면 그렇게 되겠지.”

심드렁한 운도의 말에 표사군이 벌컥 화를 냈다.

“네놈에게 신세를 졌다고 해서 봐주거나 하지는 않아! 그러니 지금 나를 죽여!”

운도가 천천히 몸을 일으켜 앉았다.

“아니, 지금은 하지 않겠어. 반항할 수 없는 놈을 죽이는 건 너무 재미없는 일이잖아? 팔팔해지면 그때 죽여주지. 그래야 너도 억울하다는 생각을 하지 않을 것 아니냐?”

“으음—”

운도의 여유있는 말에 표사군이 잔뜩 얼굴을 찌푸렸다.

다시 두 사람은 묵묵히 개울물 소리를 들었다.

“그 도법은 어떻게 된 거냐?”

표사군이 다시 물었다. 이제는 더 이상 저를 죽이라고 말하지 않았다.

“뭐가 말이냐?”

“그 흑의인을 때리던 수법 말이다. 도법이었지? 그것도 지독한 쾌도법이었다.”

“그냥 이곳에서 싸우다 보니 나름대로 얻게 된 것뿐이다. 무슨 절정의 도법 같은 건 아니야.”

운도는 쾌도왕의 도법에 대하여 누구에게도 말하고 싶지 않았다.

표사군에게는 더욱 그렇다.

심각한 부상을 입고 쓰러졌으면서도 자신의 도법을 알아본 그의 날카로운 눈썰미에 속으로 놀라기도 했지만 그런 내색도 하지 않았다.

'표사군 이놈은 확실히 다른 자들과 다르다. 고수였던 게 틀림없어.'

그런 확신을 갖게 되는 한편, 대체 누구에게서 배웠을까? 하는 궁금증이 더 커진다.

운도가 넌지시 물었다.

"그런데 거기에는 왜 갔던 거냐? 설마 정말 달아나려고 했던 건 아니겠지? 그랬다면 실망이다."

"알 것 없어."

표사군이 그러는 너는 왜 그곳에 왔었느냐고 책망하는 눈으로 노려보며 퉁명스럽게 말했다.

운도가 히죽 웃었다.

하긴, 이곳에 있는 자들은 아무에게도 제 속을 말해주지 않을 것이다.

"가겠다. 몸이 완전히 회복된 다음에 나를 찾아와라. 기꺼이 싸워줄 테니까. 하지만 지금은 무엇보다 다른 놈들을 조심하는 게 좋을걸?"

기력을 되찾은 운도가 벌떡 일어섰다.

표사군은 붙잡지 않았고 운도는 뒤돌아보지 않았다.

성큼성큼 걸어 숲속으로 사라진다.

　표사군은 지금 아무런 저항도 할 수 없는 상태였다. 다른 자의 눈에 띈다면 맥없이 맞아 죽을 수밖에 없으리라.

　운도는 그렇게 되던 그렇지 않던 이제는 표사군의 일이라고 생각했다.

＊　　　＊　　　＊

　"죽도록 놔두기에는 너무 아까운 아이들이다."

　상왕 황준브의 음성에 안타까움이 가득했다.

　그는 운도를 떠나보냈던 그 돌집 안에 여전히 머물고 있었다.

　돌집을 둘러싸고 있는 숲 밖으로 한 걸음도 나가지 않았던 것이다.

　지난 구 개월 동안 그렇게 유배 아닌 유배 생활을 하고 있으니 답답하기도 하련만, 황준보에게서는 조금도 그런 기색을 찾아볼 수 없었다.

　등지고 앉아 벽난로의 불길을 들쑤시고 있던 자가 굵직한 음성으로 대꾸했다.

　"그게 바로 생존의 법칙이고 강자존의 법칙 아니겠냐? 그 속에서 살아남은 자야말로 진정한 강자의 조건을 갖춘 거지."

　"안다, 알아. 바로 그 한 명에게 우리 홍안적성의 미래를 걸기 위해서 장로들이 그런 특단의 결정을 했다는 걸 말이다. 하지만 아무리 생각해 봐도 이건 너무 아깝단 말이지."

"그렇게 잘 안다면 투덜대지도 말아야지. 너는 이곳에 처박혀 있는 동안 투덜이가 되었다."

부젓가락을 놓고 돌아보며 씩, 웃는 자는 쾌도왕 갈포참이었다.

거친 옷차림은 여전했지만 그의 안색은 그 어느 때보다 평온했다.

운도를 떠나가기 전에 했던 말대로 그동안 온 산과 골짜기를 뒤지고 다녔던 듯 약초 바랑에는 약초들이 가득했다.

쑥대밭처럼 헝클어진 머리카락과 거칠거칠한 얼굴, 거기에 잔뜩 돋아난 구레나룻으로 인해 그는 약초 채집꾼이라기보다 어느 산채에서 뒹굴다가 내려온 산적 같은 몰골이었다.

황준보가 손을 내저었다.

"너는 저 안에 있는 아이들이 어떤지 알지 못해서 그런 말을 하는 거다."

"내 관심은 오직 한 명에게 있을 뿐이다."

"단운도? 그렇지. 우리는 단 공자가 그곳에서 살아 나오는 유일한 사람이 되기를 바라고 있다. 하지만 역시 아까워."

"뭐가 그렇게 아깝단 말이냐?"

"몇 명은 그곳에서 죽게 놔두기에는 정말 아깝단 말이다. 잘 가르치면 장차 우리에게 큰 힘이 될 게 틀림없거든. 내가 사람 보는 눈이 정확한 건 너도 알지 않느냐?"

"그래서, 너는 운도만 한 녀석들이 또 있다고 보는 거로군? 그게 대체 누구냐?"

쾌도왕이 돌아앉았다. 관심을 보인다.

황준보가 탄식하고 말했다.

"우선 표사군이라는 놈이 있다. 지독하고 자질이 뛰어난 놈이지. 자질과 근성만으로 본다면 지옥에 들어가 있는 자들 중 가장 뛰어날 것이다."

"그래? 그 정도란 말이냐?"

믿을 수 없다는 듯 쾌도왕이 고개를 갸웃거렸다. 황준보의 말이 계속된다.

"다음으로 마풍산이라는 아이와 악검패라는 아이가 있다. 그 녀석들도 정말 찾아보기 힘든 재목들이야. 거기에서 그냥 죽도록 놔두기에는 너무 아깝다. 그리고……."

"또 있는 거냐?"

"어느덧 야차왕이라는 호칭을 얻은 염필도라는 놈이 있지."

"야차왕?"

쾌도왕이 어리둥절해하다가 껄껄 웃었다.

"우허허— 그놈도 왕의 호칭을 얻었단 말이지? 그것도 지옥에서? 우허허— 그건 대단한 일인걸?"

황준보가 눈살을 찌푸렸다. 잠시 생각하더니 말한다.

"하지만 그놈은 너무 독하고 잔인하며 사악하다."

"그래?"

"만약 그놈이 천마비동에 들어간다면 세인들의 말 그대로 우리 홍안적성은 마교가 되고 말 것이다. 세상이 온통 피로 잠기고 말 거야."

"음, 그 정도로 지독하고 끔찍한 놈이란 말이지?"

쾌도왕이 눈을 번쩍였다. 황준보가 머리를 끄덕인다.

"우리가 원하는 건 절대천마의 재현이지 마귀의 출현이 아니잖아."

그 말에 쾌도왕이 묵묵히 고개를 끄덕였다.

황준보의 얼굴에는 아까워하는 기색이 가득했다.

"때문에 그놈을 택할 수는 없지. 하지만 그놈 역시 아까운 건 사실이다. 에휴, 내가 욕심이 많은 건지……."

"그중에서 탐나는 놈이 있는 게로구나?"

"한 놈이 있기는 하다. 그러나 무슨 소용이겠어?"

"누구냐?"

잠시 머뭇거리던 황준보가 말했다.

"마풍산."

"마풍산?"

쾌도왕은 그가 어떤 놈인지 알지 못했다. 하지만 겉보기와는 달리 치밀하고 영악해서 절대로 실수하는 법이 없는 황준보가 그놈을 지목한 데에는 특별한 이유가 있을 것이라고 믿었다.

궁금증과 호기심이 불처럼 인다.

"어떤 이유라도 있는 거냐? 그놈에게 특별한 데가 있어? 계산이 밝고 장사꾼의 자질이 있는 모양이군?"

"아니, 그는 바보다."

"응?"

뜻밖의 말에 쾌도왕이 어리둥절한 얼굴을 하고 한동안 황준보를 뚫어지게 바라보더니 껄껄 웃었다.

"우허허— 바보라니. 너는 정말 어떻게 된 모양이구나."

"너는 이해하지 못할 거다."

황준보가 눈을 흘기고 외면했다.

'남과 다툴 줄 모르니 장사꾼의 천성을 타고난 거라고 해야 하지. 먹을 걸 탐하고 부지런하니 더욱 그렇지 않은가. 게다가 음흉해서 절대로 제 속을 드러내지 않으니 금상첨화일 수밖에. 그릇이 어떤지는 모르나 잘만 키워낸다면 나보다 더 뛰어난 놈이 될 텐데……'

황준보는 제 사부인 일대 상왕 왕자준을 떠올렸다.

그가 자신을 택한 것도 바로 그 당시에는 바보라고 놀림을 당할 만큼 어수룩해 보였기 때문이 아니었던가.

第二章
분노의 화신이 되다

마룡의 후예

“이게 뭐야!”
수확없이 제 근거지인 가시나무 숲으로 돌아온 운도가 버럭 소리쳤다.
가시나무 숲이 마구 파헤쳐져 있었던 것이다.
군데군데 선혈이 응고되어 있기도 했다.
긴장한 운도가 정신없이 통로를 따라 달렸다.
“억!”
그리고 다시 한 번 크게 놀라 우뚝 멈추어 섰다.
저 앞.
가시나무 숲이 끝나고 펼쳐진 초지와 그 복판의 연못은 그대로였다.

그런데 거기 있어야 할 나무집이 없었다.

아니, 처참하게 부서지고 불에 타버린 흉한 잔재로 거기 폭삭 주저앉아 있었다.

아무도 없다.

제일 먼저 머릿속에 떠오르는 사람은 묘화였다.

그 작은 계집애는 어디로 사라졌단 말인가.

"묘화야!"

목청껏 부르며 연못가로 달려갔지만 대답은 없었다.

"검패! 풍산!"

연못가에 서서 있는 힘껏 소리쳤다.

역시 돌아오는 대답은 없었다.

눈에 띈 건 풀밭에 군데군데 흩어져 있는 핏자국이었고, 어지럽게 찍힌 발자국들이었다.

문득 불길한 생각이 들었다.

"설마 다 죽었단 말인가? 마풍산이도?"

그럴 리가 없다고 애써 믿으며 머리를 마구 가로저었다.

마풍산이는 절대로 죽지 않는 놈 아니던가.

머리통을 으깨놓거나 목을 뎅경 잘라 버리지 않는 한 그놈은 죽지 않는다.

괴물이라고 생각될 만큼 끈질긴 생명력을 지닌 놈인 것이다.

하지만 그렇다면 어디로 사라졌단 말인가?

운도는 정신을 차릴 수 없었다.

이런 때에는 무얼 어떻게 해야 하는 건지 막막하기만 하다.

잠시 넋을 놓고 있던 운도가 이내 미친 듯이 온 숲을 뒤지고 다니기 시작했다.

뒤편 짙은 삼나무 숲에 뛰어들었을 때였다.

거기에서 비로소 마풍산이의 흔적을 찾았다.

몇 개의 발자국이 어지럽게 찍혀 있었고, 격렬한 싸움의 흔적이 여기저기 눈에 띄었는데, 그 발자국들 중 유난히 크고 깊게 찍혀 있는 건 분명 마풍산의 것이었다.

그리고 또 하나. 부러진 목검의 조각을 찾았다.

악검패의 것이다.

놀란 운도가 흔적을 따라 조금 더 나아갔을 때 거기에 한 구의 주검이 있었다.

가슴에 악검패의 목검이 깊이 꽂힌 채 쓰러져 있는 그것은 눈에 익은 자였다.

"염필도 이놈!"

죽은 자가 야차왕 염필도의 수하 중 한 놈이라는 걸 확인한 운도의 눈에서 불똥이 튀었다. 염필도가 저지른 짓이 분명하지 않은가.

이곳에 이르기 전까지 속으로 짐작은 하고 있었지만 이렇게 확인하고 나자 미칠 것처럼 분노가 치솟았다.

그리고 그 위의 한 음침한 바위틈에서 드디어 마풍산이를 찾아냈다.

그는 머리는 물론 온몸에서 피를 철철 흘리면서 악검패를 품에 안고 멍하니 앉아 있었다.

운도를 보았지만 표정의 변화가 없다.

너무 놀라 넋이 나간 것 같기도 했다.

그를 발견한 운도가 버럭 소리지르며 바위틈으로 뛰어들었다.

"어떻게 된 거야? 검패는? 죽은 거냐? 묘화는 어디로 갔지?"

마풍산이 희멀건 눈을 돌려 천천히 운도에게 초점을 맞추었다.

"죽었다."

"무엇이?"

운도는 그가 제 품에 안고 있는 악검패를 말하는 것임을 알았다.

급히 악검패의 맥문을 쥐었다.

뛰지 않는다.

악검패의 뒤통수엔 돌도끼가 박혀 있었다. 눈에 익은 것이다.

온몸에 난타당한 흔적이 남아 있는 걸로 보아 죽을 때까지 악귀처럼 싸운 게 틀림없었다.

마풍산 또한 제 몸으로 그 무지막지한 타격들을 끝까지 받아내며 악검패를 안고 여기까지 도망쳐 왔으리라.

그리고 그는 살았다.

비록 목불인견의 참혹한 몰골이 되어 있지만 죽지 않을 것이다.

그러나 악검패는 허망하게 죽었고, 묘화는 실종되었다.

"그놈이 끌고 갔다."

마풍산의 어눌한 말에 운도가 빠드득, 이를 갈았다. 눈에서 분노의 불길이 뿜어져 나온다.

"묘화를 잡아갔어. 검패가 끝까지 지키려고 했지만 죽었다."

"너는? 너는 대체 뭘 하고 있었던 거냐? 겨우 죽은 검패를 데리고 여기까지 도망쳐 왔던 거냐?"

운도가 멱살을 움켜쥐고 마구 흔들었지만 마풍산은 꿈쩍도 하지 않았다. 여전히 온몸에서 피를 흘려대며 눈만 끔벅인다.

"나는 싸우지 않는다."

"빌어먹을!"

"나는 지킨다."

"뭘? 뭘 지킨단 말이냐? 네 주제에 대체 뭘 어떻게 지킬 수 있다는 거야!"

노여움과 분노로 치를 떠는 운도의 외침에 마풍산이 비로소 표정을 내보였다.

슬픈 얼굴이 되어 중얼거린다.

"그런데 이번에는 지키지 못했다. 묘화도 검패도. 그래서 나는 슬프다."

"언제야? 언제 그놈들이 왔었지?"

“네가 떠나고 나서 조금 뒤에.”

그렇다면 하루가 채 되지 않았다.

“기다리고 있어.”

운도가 몽둥이를 쥐고 벌떡 일어섰다. 마풍산이 여전히 슬픈 얼굴로 바라보며 중얼거렸다.

“어디로 가려고?”

“묘화를 찾아와야지, 더 늦기 전에.”

그렇지 않으면 염필도 그 짐승 같은 놈이 어린것에게 무슨 짓을 할지 모른다.

그 생각이 운도의 등을 마구 떠밀어댔다.

“내가 돌아올 때까지 여기서 꼼짝하지 말고 있어!”

그 말은 벌써 바위틈을 벗어나 자작나무 숲속에서 들려왔다.

*　　　*　　　*

“쩝.”

그림의 떡이라는 게 이런 경우를 두고 하는 말일 것이다.

염필도의 탐욕스런 얼굴에 불만이 가득했다.

두 볼을 부풀린 채 입을 삐죽 내밀고 있으니 영락없이 저팔계의 머리통을 어깨 위에 붙여놓은 형상이었다.

그 곁에 있는 사오정 같은 놈.

매부리코의 청년이 교활하게 눈을 빛내며 속삭였다.

"달래야 합니다. 온갖 달콤한 말로 달래는 데에는 어떤 계집애든 넘어가지 않을 수 없습지요."

"뭘 어떻게 달래? 네 눈으로 보면서도 그런 말이 나온단 말이냐?"

염필도가 잔뜩 불만스런 얼굴로 턱짓하는 곳에 묘화가 있었다.

작은 계집애는 동굴 한구석에 웅크리고 앉아 있었다.

어둠 속에서 두 눈이 야수의 그것처럼 푸른 인광을 번뜩인다.

사로잡혀 온 작은 야수.

그것이 지금 묘화의 모습이었다.

죽을지언정 길들여지지 않겠다는 흉포함을 그대로 드러낸 채 으르렁거리고 있는 것이다.

계집애는 제 목에 날카로운 돌칼을 들이대고 있었다.

여차하면 스스로 목숨을 끊어버리겠다는 의지가 명백하다.

단지 위협이나 엄포가 아니었다. 충분히 그렇게 하고도 남을 지독한 결의로 똘똘 뭉쳐 있었다.

독오른 짐승 같은 모습.

참을 수 없는 적개심과 분노가 증폭되어 귀기마저 띠고 번뜩이는 눈빛.

숨조차 쉬지 않는 것 같은 침묵과 함께 보는 사람을 질리게 하는 그런 눈빛이었다.

“썩을 년.”

혀를 찬 염필도가 기어이 분통을 터뜨렸다.

“차라리 그냥 밟아 죽여 버릴 걸 그랬나 보다. 괜히 끌고 왔어.”

“그러기에는 너무 아깝지 않습니까?”

매부리코의 장한이 입술로 혀를 핥으며 말했다.

뚫어지게 묘화를 바라보는 그의 얼굴에 깃들어 있는 건 탐욕이고 음심이었다.

“이 지옥에서 계집이라곤 저 지독한 년 하나뿐이니까요. 쩝—”

“끄응—”

그건 사실이었다. 염필도가 묘화를 탐내는 것도 그런 이유 때문이었다.

아니, 그건 염필도뿐만이 아니었다. 이곳에 있는 자들 대부분이 그랬다.

한 명뿐이라는 게 더욱 소유욕을 불러일으키는 것이다.

비록 아직 솜털도 다 벗겨지지 않은 어린 소녀라고 할지라도 그 요염함이 곧 활짝 펴질 기미를 보이지 않던가.

“제기랄!”

염필도가 발을 굴렀다.

“그놈을 괜히 죽였나 보다. 내가 생각이 없었어. 빌어먹을.”

묘화의 오빠를 죽인 일이 그렇게 후회될 수가 없었다.

그것 때문에 저 보물단지와 풀 수 없는 원수를 맺게 되었으니 그렇다.

그렇지만 않았더라면 어떤 말로든 꾀어볼 수 있을 텐데 지금은 말조차 붙여볼 수 없지 않은가.

우격다짐으로 할 수도 없게 되었으니 더욱 화가 난다.

"어떻게 좀 해봐!"

그가 애꿎은 매부리코청년의 뒤통수를 철썩 후려치며 악을 썼다.

끄응, 하고 된 숨을 내쉰 청년이 마지못해 동굴 안으로 한 걸음 들어섰다.

그걸 본 묘화가 빠드득, 하고 이를 갈았다. 그 소리가 섬뜩하게 들려서 청년은 주춤 멈추어 설 수밖에 없었다.

"이년아, 말을 들어. 그러면 살려준다니까 그러네. 여기서 살아 나가고 싶지 않으냐? 염 두령이 그렇게 해주겠다잖아. 눈만 한 번 질끈 감으면 되잖아. 응?"

"개소리!"

묘화가 악을 썼다.

돌칼을 쥔 손에 더욱 힘을 준 탓에 이제는 목에서 한 줄기 선혈이 스며 나왔다.

잡아먹을 듯 청년을 노려보던 그녀가 표독스럽게 말했다.

"개새끼. 너도 똑같은 생각을 하고 있지?"

"어, 그거야 뭐…… 어허허허—"

매부리코청년이 짐짓 너털웃음을 터뜨리며 슬며시 두 걸음을 다가선다.

묘화의 창백한 얼굴에 차가운 웃음이 떠올랐다.

"나를 겁탈하고 싶어? 그렇다면 방법을 가르쳐 줄게."

"응?"

"염필도를 죽여. 그러면 내 스스로 너에게 곱게 안겨줄게. 무슨 짓을 해도 좋아."

"어허—"

묘화의 말에 매부리코청년이 난감하다는 얼굴을 하고 힐끔 뒤를 돌아보았다.

"나와, 이 새끼야!"

염필도가 그 말을 듣지 못했을 리가 없다.

분한 숨을 몰아쉬며 주먹을 움켜쥐고 버럭 고함친다.

운도의 머릿속에는 묘화에 대한 걱정과 악검패의 죽음에 대한 분노가 가득했다.

다른 건 아무것도 생각나지 않고, 오직 닥치는 대로 죽여 버리겠다는 살심만 하늘을 찌를 듯 솟구쳤다.

바람처럼 숲속을 달려가는 그의 사나운 기세에 지옥의 어둠마저도 주춤거리며 비켜서는 것 같았다.

그렇게 쉬지 않고 달려 귀왕폭 어귀에 이르렀을 때 불쑥 매복자들과 마주쳤다. 세 놈이었다.

그자들이 염필도의 수하라는 건 확인하지 않아도 알 수 있는 일이다.

쾅!

질풍처럼 달려드는 기세 그대로 후려치는 몽둥이에 정면에 있던 놈이 "으악!" 하는 비명을 터뜨리며 주저앉았다.

움푹 함몰되어 버린 정수리에서 피가 왈칵 솟구쳤을 때, 운도는 긴 목창을 찔러오는 좌측의 놈을 노려보며 몸을 밀어 넣고 있었다.

휙—

목창을 아슬아슬하게 어깨 위로 흘려보내며 와락 달려든다.

쾅!

몸을 낮추며 내려친 몽둥이에 무릎이 박살 난 놈이 엉덩방아를 찧고 주저앉았다.

"아아악!"

지독한 고통에 목청이 찢어져라고 비명을 터뜨린다.

그런 놈의 면상에 무지막지한 발길질이 처박혔다.

퍽! 하는 끔찍한 소리.

얼굴이 짓이겨진 놈이 숨을 껄떡거리며 쓰러졌고, 운도는 폭풍의 기세로 돌아서며 다시 몽둥이를 휘둘러 마지막 놈의 어깨를 부수어놓고 있었다.

"크악!"

놈의 절망적인 비명 따위는 귀에 들리지도 않았다.

쾅!

비틀거리는 놈을 쫓아 들어가 정수리를 부수어 버리는 운도의 몽둥이질에는 한 점의 인정도 깃들어 있지 않았다.

눈 깜짝할 사이에 세 놈을 죽여 버렸지만 운도의 살심은 조금도 가라앉지 않았다.

오히려 피를 본 흥분이 더해져 더욱 미쳐 갈 뿐이다.

세 놈이 지른 비명 소리는 귀왕폭에 있던 자들 모두의 귀에 똑똑히 들렸다.

동굴 밖에서 제 분을 참지 못해 씩씩거리고 있던 염필도가 흠칫 놀랐다.

"뭐냐?"

그 한마디를 묻는데 이번에는 가까운 곳에서 다시 두 마디의 처절한 비명 소리가 들렸다. 그리고 숲이 와사삭거리더니 성난 호랑이처럼 운도가 뛰어나오는 게 보였다.

쥐고 있는 몽둥이가 피와 뇌수로 흠뻑 젖어 번들거리고 있었다.

온몸에 피를 뒤집어쓴 그 끔찍한 몰골보다도 염필도를 더 질리게 한 건 운도의 핏발 선 눈이었다.

"염필도!"

부드득 이를 갈며 몽둥이를 들어 가리키는 그 모습은 예전의 운도가 아니었다.

이 지옥에 가장 어울릴 악귀 야차의 모습 바로 그대로이다.

"저, 저놈!"

염필도가 저도 모르게 주춤거렸다.

살기를 한껏 품고 있는 운도의 기세에 질려 버린 것이다.

"막아!"

염필도가 곁에 놓아두었던 몽둥이를 집어들며 소리쳤다.

얼떨떨해 있던 십여 명의 수하들이 비로소 함성을 지르며 운도에게 쇄도해 들었다.

몽둥이며 돌도끼, 목창들이 빗발치듯 쏟아지고 떨어진다.

그들을 상대하는 운도는 제가 다치거나 죽는 것쯤은 조금도 안중에 두지 않는 것 같았다.

오직 닥치는 대로 짓밟고 찢어 죽이지 못해 안달이 난 악귀. 그게 지금의 운도였다.

미친 것 같았고, 그래서 더욱 무시무시한 힘과 용맹을 발휘한다.

그는 더 이상 감추지 않고 자신의 절기를 모두 펼쳐 보이고 있었다.

염필도를 죽이겠다는 생각에만 사로잡혀 눈앞의 위기를 무시하는 것 같았지만 그의 본능은 그 어느 때보다 날카롭게 살아났다.

위기에 직면할 때마다 절묘한 무형보의 보법과 신법으로 그것을 피했고, 몽둥이는 매번 가장 빠르고 강력하며 지독한 도법을 토해냈다.

왼손을 휘둘러 좌측의 공간을 봉쇄하는 수법 또한 아미와 풍사곡, 하가보의 절기가 두루 섞여 있는 것이었다.

비록 장력을 발출할 수는 없었지만 그것만으로도 적의 공격을 막아내는 데에는 충분하고도 남음이 있었다.

왼손과 오른손이 각기 노는 것처럼 그렇게 막고 쳐나가는 것이 두 사람이 한 몸이 되어 있는 것 같았다.

쾅, 쾅!

끔찍한 두 번의 격타음이 터져 나왔다.

그리고 두 놈이 피범벅이 되어 널브러졌다.

몇 번 눈을 끔벅이는 사이에 열 명 중 네 명이나 운도의 손에 의해 고꾸라지고 말았다.

운도는 이를 박박 갈아대고 있을 뿐 기합성 한 번 터뜨리지 않았다.

오직 흉맹한 기세로 부딪쳐 갈 뿐인데, 눈앞에 얼씬거리는 자들은 그게 누구이든 가리지 않고 쳐 넘겼다.

그런 기세에 남은 자들이 모두 두려움에 질려 주춤거렸다. 더 이상 싸울 의욕을 잃어버리고 달아날 눈치만 본다.

"저놈!"

동굴 앞에서 염필도가 입을 딱 벌렸다.

운도가 만만치 않은 놈이라는 건 알고 있었지만 저 정도로 흉포하리라고는 생각하지 못하고 있었던 것이다.

"다들 비켜!"

언제 운도의 기세에 놀랐었느냐는 듯, 염필도가 몽둥이를 들고 몸을 날렸다.

운도의 폭발적인 폭력을 보고 있는 동안 흉성이 참을 수 없도록 들끓어 올랐던 것이다.

황소만 한 거구가 한 번의 도약으로 귀왕소(鬼王沼)라고 불

리는 물웅덩이를 넘고, 다시 한 번 도약해서 가뿐히 이 장여를
건너뛰어 운도의 머리 위로 떨어져 내린다.
 "흐흐, 스스로 죽을 데를 찾아왔으니 기특하구나!"
 음침하게 웃고 외치는 중에 몽둥이를 휘둘러 운도의 머리통
을 부수려 했다.
 무지막지한 그것이 떨어지건만 운도는 눈 하나 깜빡하지 않
았다.
 오히려 기다렸다는 듯 겁없이 마주쳐 들어간다.
 쾅!
 두 사람의 몽둥이가 허공에서 부딪치자 천둥치는 것 같은
굉음이 터져 나왔다.
 "으음—"
 운도가 잔뜩 낯을 찡그렸다.
 과연 생긴 것만큼이나 염필도의 팔 힘은 무시무시했다.
 운도가 재빨리 옆으로 돌며 날카로운 각도로 몽둥이를 휘둘
렀다.
 퍽!
 미처 염필도가 반응하기 전에 그의 옆구리를 깊이 후려치고
다시 어깨와 옆 머리통을 후려치는데, 그 속도가 가히 번갯불
이 번쩍이는 것 같았다.
 염필도가 온몸을 흔들거리며 쿵쿵, 굴러섰다.
 이럴 때는 운도가 손에 칼이 아니라 몽둥이를 쥐고 있다는
게 얼마나 다행스러운지 모른다.

그러나 그만큼 운도에게는 아쉬운 일이 아닐 수 없었다.

잔뜩 화가 난 염필도가 "으헝!" 하는 고함을 지르며 무식하게 달려들었다.

운도의 몽둥이질쯤은 얼마든지 몸으로 받아낼 기세였다. 그리고 한 번만 후려치거나 붙잡으면 끝난다고 생각했으리라.

"오빠, 그놈을 죽여! 죽여 버려!"

어느새 동굴 입구로 나와 선 묘화가 발을 구르며 악을 썼다.

운도와 염필도의 무시무시한 싸움에 온통 정신을 빼앗긴 탓에 매부리코의 청년이 살금살금 접근해 오고 있다는 것마저 깜빡 잊고 있다.

운도는 그것을 보았다.

그러나 소리쳐 알려줄 새도, 달려갈 틈도 없었다.

당장 눈앞에 미친 황소처럼 핏발 선 눈을 부릅뜬 채 씩씩거리며 덮쳐들고 있는 염필도의 몽둥이와 손아귀를 벗어나는 게 급했던 것이다.

운도가 무형보를 밟아 어지럽게 몸을 비틀고 방위를 바꾸어 디뎠다.

쉬앙―

아슬아슬하다.

염필도의 몽둥이가 운도의 그림자를 때리듯이 한 치의 사이를 두고 흘러 지나갔다.

곁바람에도 몸이 흔들릴 만큼 무서운 몽둥이질이었다.

촌각의 시간에 운도는 염필도의 옆구리가 텅 빈 것을 보았다.

즉시 무릎을 접어 그곳을 힘껏 찍으며 등을 안고 돌아갔다.

염필도가 "훅!" 하고 숨을 내뱉으며 허리를 숙였다. 운도의 무릎치기 일격에 내장이 흔들릴 정도로 충격을 받은 것이다.

하지만 그뿐이었다.

그것만으로는 염필도를 쓰러뜨릴 수가 없었다. 오히려 그의 화만 더욱 증폭시켰을 뿐이다.

"이 쥐새끼 같은 놈!"

염필도가 으르렁거리고 다시 몽둥이를 휘두르며 달려들었다.

그리고 그 순간 운도의 번갯불 같은 일격이 그의 턱 아래를 부술 듯이 찔렀다.

퍽!

몽둥이 끝에 턱을 찔린 염필도가 비로소 "억!" 하고 비명을 터뜨리며 엉덩방아를 찧고 주저앉았다.

쾅!

그 머리통에 몽둥이가 사정없이 떨어졌다.

정수리가 움푹 함몰되거나 박살이 났어야 옳은 일이련만 염필도의 머리통은 멀쩡했다.

다만 큰 충격에 얼떨떨해져서 잠시 넋이 나갔을 뿐이다.

몇 번을 더 후려치면 끝장을 낼 수 있을 것이다. 그러나 운도는 그렇게 할 수가 없었다.

염필도가 넘어진 걸 본 졸개들이 다시 악을 쓰며 달려들었고, 동굴 앞에서 매부리코의 청년이 솔개가 병아리를 낚아채듯이 묘화를 낚아채서 달아나고 있었기 때문이다.

운도는 염필도를 포기할 수밖에 없었다. 졸개들도 무시한 채 그대로 땅을 박찼다.

"거기 서!"

목청껏 외치며 달려가지만 매부리코의 청년을 잡기에는 역부족이었다.

그자는 벌써 동굴에서 나와 뒤편의 울창한 숲속으로 사라지고 있었다.

묘화를 빼앗겨서는 안 된다는 절박한 생각으로 운도가 미친 듯이 숲으로 뛰어들었고, 정신을 차린 염필도와 그의 졸개들이 고함을 지르며 무섭게 뒤따랐다.

*　　*　　*

위서향의 얼굴에 드리운 어두운 그림자는 무엇으로도 사라지지 않을 것 같았다.

"먹어라."

흑풍객 장하륜이 권하지만 위서향은 물끄러미 제 앞에 놓인 음식을 바라볼 뿐이었다.

"쯧쯧, 아예 굶어 죽기로 작정한 것이냐?"

장하륜이 낯을 찌푸리고 타박하지만 듣지 못한 것 같다.

"굶어 죽는 건 오래 걸리고 그만큼 고통스러운 일이야. 차라리 그 검으로 자결을 하는 게 쉽고 깨끗하지. 정 용기가 안 난다면 내가 도와줄 수도 있다."

위서향은 대꾸하지 않았다. 흑풍객을 쳐다보지도 않는다.

한동안 두 사람 사이에 무거운 침묵이 흘렀다.

흑풍객이 음식을 씹는 소리만 아삭거리며 들려올 뿐이다.

"휴—"

한참 만에야 위서향이 길게 탄식했다. 뜨거운 눈물방울이 볼을 타고 흘러내렸다.

장하륜이 젓가락을 신경질적으로 내려놓았다.

"밥상머리에 앉아서 눈물 짜는 여자만큼 재수없는 게 또 없지. 너는 나까지도 굶겨 죽일 작정이냐?"

"왜 보내주지 않는 거죠?"

"어디로 갈 생각이냐?"

"풍사곡으로 돌아가야 하지 않겠어요?"

위서향은 풍사곡에 큰 변이 일어났다는 소식을 듣고 있었다.

자기 대신 대사형 이귀율이 새롭게 풍사곡을 대표하는 십천 지주의 후보가 되어 떠났다는 것쯤은 아무것도 아니었다.

아버지 위진평이 실종되었다는 소식에 그녀는 하늘이 무너진 것처럼 큰 충격을 받고 슬픔과 초즈함에 어쩔 줄 몰라 했다.

그러나 장하륜은 그녀가 떠나는 걸 허락하지 않았다.

"너는 네 아비의 유훈을 잊은 것이냐?"

"……"

"그가 한 말을 똑똑히 들었을 텐데?"

위서향은 부친이 일 년 동안 흑풍객 장하륜을 스승처럼 모시고 그의 말에 복종하라고 했었다.

떠나기 전 들었던 그 말이 지금도 귀에 생생하다.

그런데 유훈(遺訓)이라니…….

"아버지는 돌아가시지 않았어요."

위서향이 울먹이며 항의했다.

"실종되었다는 것도 믿을 수 없어요."

세상에서 누가 십천의 천주 중 한 명인 자신의 부친에게 위해를 가할 수 있단 말인가. 백 번 생각하고 양보해도 믿을 수 없는 일이었다.

"그러니 유훈이라는 말씀은 너무 과해요."

"쯧쯧……."

흑풍객이 몸을 물리며 혀를 찼다.

안타깝다는 듯, 불쌍하다는 듯이 위서향을 빤히 바라보더니 말했다.

"너는 그가 죽었다고 생각하는 게 차라리 속 편할 것이다."

남의 말 하듯 하는 흑풍객이 그렇게 미워 보일 수가 없다. 그래서 위서향이 눈물을 훔치며 흘겨보지만 흑풍객은 개의치 않았다.

"우리는 다른 사람과 달라. 우리 중 누가 실종되었다고 한다면 그건 곧 죽었다는 말과 다름없다."

"누가 아버지에게 위해를 가할 수 있단 말인가요?"

원망하고 항변하지만 흑풍객은 무심하기만 했다.

"드러난 칼보다 드러나지 않은 칼이 언제나 무섭고 지독한 법이지. 감히 누가 십천의 천주를 건드릴 수 있을 것이냐? 하지만 드러나지 않은 칼에는 풍약헌이 다시 살아났다고 해도 당할 수밖에 없을 것이다."

"그 말씀은 아버지가 위해를 당하셨단 말인가요? 그렇다면 누가 왜?"

"다 쓸데없다. 어서 밥이나 먹어라."

흑풍객이 다시 젓가락을 들었다.

"말씀해 주세요. 무언가 짐작하시는 게 있죠? 그렇죠?"

위서향이 간절히 애원하지만 이번에는 흑풍객이 듣지 못한 것처럼 젓가락질만 했다.

"가겠어요."

참다못한 위서향이 눈을 흘기고 발딱 일어섰다.

흑풍객이 젓가락을 멈추고 물끄러미 바라보더니 다시 혀를 찼다.

"어리석은 것 같으니, 쯧쯧—"

"……"

"네가 돌아갈 집 따위는 이제 어디에도 없다는 걸 정말 모른단 말이냐?"

"풍사곡이 사라지기라도 했답니까?"

위서향이 이처럼 말대꾸를 한 적은 없었다.

언제나 흑풍객을 두려워하고 공경했을 뿐, 한 번도 그에게 대든다는 생각조차 해보지 못한 그녀였던 것이다.

그러나 지금은 달랐다.

"어째서 저를 못 가게 하시는 거지요? 제가 집으로 돌아가

아버지의 실종에 관계된 일을 밝히는 게 당연한 것 아니겠어
요?"
　"너는 네가 위진평보다 뛰어나다고 생각하느냐?"
　"그건……."
　"내가 볼 때 너는 네 아비의 발끝에도 미치지 못할 것이다."
　"……."
　"그런 위진평이 속수무책으로 당했는데 네가 그 일을 밝혀
낼 수 있을 것 같으냐?"
　위서향이 입술을 잘근 깨물었다.
　흑풍객의 말이 정말 듣기 싫었지만 부정할 수도 없었던 것
이다.
　"쯧쯧, 철없는 것 같으니……."
　다시 젓가락질에 여념이 없는 흑풍객을 바라보면서 위서향
은 갈등할 수밖에 없었다.
　"나는 너를 살리려는 것이다. 살아 있어야 나중에라도 네 아
비의 일을 밝힐 기회를 잡을 수 있을 테니까. 때가 오기를 기
다릴 줄 아는 게 현명한 일이라는 걸 왜 몰라?"
　무심한 흑풍객의 말에 위서향은 냉정해질 수 있었다.
　'그렇다. 지금은 장 숙부의 말씀이 다 옳다.'
　위서향이 다시 탁자 앞에 앉았다.
　마음이야 급하고 원통하기 짝이 없지만 앞뒤 가리지 않고
나섰다가는 저 또한 변을 당하기 십상이라는 걸 인정하지 않
을 수 없었던 것이다.

그들은 지금 왕가채(王家寨)라는 곳에 머물그 있었다.

귀주에서 동북쪽으로 삼백여 리 떨어진 곳이다.

높고 험한 고원지대의 절정을 이루는 곳에 운귀산(雲歸山)이 있다.

그것은 고원의 북쪽에 우뚝 서서 온 세상을 굽어보는 것처럼 도도한 산이다.

그 운귀산 남쪽에 험한 산세와 울창한 숲을 의지하고 산채가 세워져 있었다.

말이 산채일 뿐이지 여느 성읍 못지않게 크고 번화한 곳이었다.

사람들이 그곳을 왕가채라고 부르는 것은 산채를 세운 채주가 왕 씨였기 때문인데, 대대로 그들이 산채를 유지, 운영해 오고 있었다.

이름에서 알 수 있듯이 근본은 산적이다.

지금은 많이 순화되어서 귀주와 사천, 운남 간의 교역에 종사하고, 농사를 짓거나 목축을 하기도 한다.

하지만 근본에서 벗어날 수는 없었던지 큰 일거리가 생기면 모두 쟁기 대신 도검을 들고 나섰다.

흉악한 산적의 무리로 돌변하는 것이다.

그들의 세력이 워낙 강하고 흉맹했기에 인근 오백여 리 일대에서 그들은 관과 무림마저도 상관하지 않는 무법자들로 군림했다.

세상으로부터 뚝, 떨어져 그들만의 삶을 누리고 있었던 것이다.

흑풍객이 위서향을 데리고 그 왕가채로 들어온 건 사흘 전이었다.

왕가채의 총채주는 육십 줄에 접어든 노인이었는데 왕필상이라고 했다.

그는 흑풍객 장하륜이 온다는 기별을 받자마자 신도 제대로 꿰지 못한 채 허겁지겁 달려나와 그를 맞이했다.

노구를 쿵, 하는 소리가 날 정도로 흑풍객의 발아래 내던져 꿇는 것이 보기에 민망할 지경이었다.

마치 종이 높은 상전을 모시기 위해 달려나온 것 같았다.

당연하다는 듯 그런 왕필상을 내려다보면서 흑풍객이 거만하게 말했다.

"며칠 묵어야겠다. 되겠지?"

"되겠지라니요? 어찌 그렇게 서운한 말씀을 하십니까? 저더러 나가라 하시면 두말없이 산채를 들어 바치고 맨몸으로 나가야 마땅하거늘 되겠느냐고 물으십니까?"

언행이 그렇게 지극할 수가 없었다.

그날부터 사흘째, 흑풍객과 위서향은 천상에서나 누릴 수 있을 것 같은 호사를 누리고 있었다.

第三章

길은 없다

마룡의
후예

　흑풍객 장하륜은 사람들의 눈길이 닿지 않을 곳으로만 돌아
다녔다.

　일부러 그렇게 세상을 피하려는 것드 같았지만 그게 본래
그의 모습이라는 걸 이제 위서향은 잘 알고 있었다.

　그는 자유로운 사람인 것이다.

　강호는 물론 세상의 번잡한 일들을 구찮아했다.

　그런 그가 어떻게 절대천마 풍약헌과 백도십천 간의 싸움에
말려들었는지는 모르지만 굳이 이유를 말한다건 명예 때문일
것이다.

　위서향은 흑풍객이 누구보다 자존심이 강하고 명예에 대
한 자부심이 높다는 걸 그동안 그와 함께 다니면서 잘 알게

되었다.

그런 그에게서 적지 않은 걸 배우기도 했다.

무공의 초식이나 수법 따위는 아무것도 아니었다.

그것보다 훨씬 중요한 무엇이다.

흑풍객은 그녀에게 강호에서 어떻게 사는 게 옳은 것인지를 몸소 보여주었던 것이다.

그에게는 원수가 없었다.

그가 원한을 맺지 않는 정인군자라서가 아니었다.

사소한 원한이라도 맺게 된 자는 남김없이 죽였기 때문이다.

그럴 때의 흑풍객은 무자비하고 냉혹했다. 그 어떤 마두보다 지독하다.

하지만 원한이 없는 자에게는 은혜를 베풀었다.

도와주겠다고 마음먹으면 끝까지, 그자가 원하는 것을 이룰 때까지 제 일처럼 도와주었던 것이다.

그러니 누구든 흑풍객에게 한 번 신세를 지게 되면 그를 평생의 은인으로 여기지 않을 수 없게 된다.

그리고 무엇보다 그는 자신과 상관없는 일에는 절대로 나서지 않았다.

눈앞에서 사람이 죽어나가도 저와 상관없는 일이라면 눈길 한 번 주지 않았던 것이다.

누가 나를 건드리지 않으면 나도 그자의 일에 상관하지 않으나 누구든 나를 건드리는 자가 있으면 반드시 죽여서 후환을 남겨두지 않는다.

그건 강호에 몸담고 살아가는 자로서 가질 수 있는 완벽한 처세였다.

그러므로 흑풍객에게는 어디를 가든 원수는 없고 왕가채의 총채주 왕필상처럼 지극정성으로 떠받드는 자들만 있었다.

또 그런 자들만 찾아가 신세를 지니 늘 한가롭고 몸이 편할 수밖에 없다.

위서향은 그런 흑풍객과 동행하는 동안 그의 삶과 가치관에 큰 영향을 받았다.

그래서 어느덧 그녀는 십천지주 따위야 다 쓸데없는 욕망이고 헛된 꿈 같은 것이라고 여기게 되었다.

위진평이 곁에 있어서 그녀의 그런 변화를 알게 되었다면 흑풍객을 따라가도록 하는 게 아니었다고 땅을 치며 후회할지도 모른다.

그러나 지금 그는 세상에서 사라져 버렸고, 위서향에게는 믿고 의지할 사람이 오직 흑풍객 한 명뿐이었다.

그 흑풍객이 아버지의 일에 무관심하다는 게 서운하지만 아직 세상물정 모르는 제 처지를 생각해서 참을 수밖에 없다.

입술만 잘근잘근 깨물고 있던 위서향이 결심한 듯 고개를 발딱 들었다.

"한 가지만 대답해 주세요."

"그러렴."

"아버지의 일이 흉계에 의한 것임이 밝혀진다면 도와주실 건가요?"

흑풍객이 대답 대신 물끄러미 위서향을 바라보았다.

위서향은 바짝 긴장하지 않을 수 없었다.

그의 말 한다디가 천금보다 무겁다는 걸 잘 알기 때문이다.

그가 도와주겠다고 한다면 원흉을 찾아 발본색원할 때까지 제 일처럼 책임져 줄 것이다.

하지만 싫다고 하면 그만이다.

하늘이 무너진다고 해도 그의 마음을 바꾸어놓을 수 없다.

위서향이 긴장으로 마른침을 삼키는 소리가 조용한 실내에 크게 울렸다.

그건 흑풍객으로서도 대답하기 쉽지 않은 일이었다.

그는 위진평의 실종 사건이 단지 풍사곡에 국한된 일이 아닐 것이라는 생각을 하고 있었다.

어떤 심각하고 커다란 사건의 실마리에 지나지 않을지도 모른다.

이 넓은 천하에서 검진삼협 위진평을 사라지게 할 수 있는 자가 과연 몇이나 될 것인가.

그런 자가 있다면 그자는 위진평보다 훨씬 고수이거나 아니면 심계가 깊고 악독한 자일 것이다.

과연 그런 자가 누구일지 흑풍객은 아직 짐작할 수가 없었다.

게다가 이 사건을 파고들어 가다 보면 그 파장이 어디까지 미치게 될지도 알 수 없는 일이다.

마교 전체와 싸워야 하는 일이 될지도 모르고, 어쩌면 백도 십천 모두와 원한을 맺게 되는 일일 수도 있다.

그런 모든 가능성들을 염두에 두었을 때 위서향의 부탁은 자신이 여태까지 받아왔던 그 어떤 부탁보다 대답하기 어려운 것이었다.

한참 동안 침묵을 지키던 흑풍객이 드디어 마음을 정한 듯 위서향을 똑바로 바라보았다.

"그러겠노라고 하면 밥을 먹겠느냐?"

"그래 주실 건가요?"

"그렇게 하지."

"아!"

위서향이 감격으로 할 말을 잃은 채 흑풍객을 마주보았다.

흑풍객이 그 손에 젓가락을 건네준다.

*　　　*　　　*

"지독한 놈."

동굴 안에 뿌드득, 하고 이 가는 소리가 끔찍하게 울렸다.

염필도였다.

그의 몰골은 며칠 전과 사뭇 달라져 있었다.

비대한 몸집과 늘어진 볼살은 여전하지만 며칠 전과 같은 느물거리는 여유는 이제 더 이상 찾아볼 수 없었다.

뿌도독.

또 다른 이 가는 소리.

그 소리를 들은 염필도가 잔뜩 인상을 썼다.

"지독한 년."

중얼거리며 힐끗 바라보는 곳에 묘화가 있었다.

지난 사흘 동안 잠 한숨 자지 않고 물 한 모금 마시지 않은 채 버티고 있었지만 여전히 그 지독한 독기는 조금도 죽지 않았다.

추적추적 비가 내리고 있는 음산한 날이었다.

염필도가 홱 뒤를 돌아보았다.

거기 매부리코의 청년이 멍하니 동굴 밖을 바라보며 앉아 있었다.

스무 명이나 되던 수하들이 일부는 달아났고, 일부는 그동안 운도의 손에 맞아 죽어서 지금은 고작 여섯 명만 남아 있었다.

다들 어깨를 축 늘어뜨리고 맥없이 앉아 있는 것이 측은해 보인다.

그래서 염필도는 더욱 화가 났다.

설마 제 꼴이 이 지경이 되리라고는 생각하지도 못했던 일 아니던가.

수하들을 돌아보고 다시 매부리코청년을 바라보는 염필도의 눈에 핏발이 섰다.

"이리 와!"

그가 버럭 소리치자 매부리코청년이 흠칫 놀란다.

“이리 오라는 소리 못 들었어?”

다그치는 말에 그가 주춤거리며 잔뜩 겁먹은 얼굴을 들지도 못하고 다가왔다.

그런 매부리코청년의 온몸에 염필도의 두지막지한 주먹과 발길질이 떨어졌다.

“아이고, 아이고! 염 두령님, 제발 살려줍시오!”

매부리코청년이 데굴데굴 구르며 애처롭게 비명과 애원의 소리를 질러대지만 염필도의 주먹질과 발길질은 한동안 더 계속되었다.

“개자식, 언제든 한 번만 더 그따우 짓을 하기만 해봐라. 그 때는 그냥.”

씹어먹어 버리고 말겠다는 듯 이를 뿌드득, 뿌드득 갈아댄다.

매부리코청년은 죽은 듯 꼼짝도 하지 않았다. 감히 변명의 말조차 할 수 없는 처지인 것이다.

그건 제가 저지른 짓 때문이었다.

운도를 피해 묘화를 낚아채서 달아났을 때의 일이었다.

운도는 물론 염필도로부터도 멀리 떨어졌다고 여긴 그는 묘화를 덮치려고 했다.

치솟는 욕정을 참을 수 없었던 것이다.

돌칼마저 빼앗긴 묘화로서는 반항할 수가 없었다. 역부족이다.

풀밭에 그녀를 내던지고 완력으로 찍어누르며 본격적으로

짐승 같은 짓을 저지르려는 참인데 뒤쫓아온 염필도에게 덜미를 잡히고 말았다.

"이런 개자식이!"

염필도가 그 즉시 매부리코청년을 때려죽이지 않은 건 놀라운 일이었다.

불가사의한 일이라고 해야 하리라.

그는 매부리코청년을 초주검에 이를 만큼 흠씬 두들겨 패는 걸로 그쳤다.

운도의 무서움을 똑똑히 보고 겪은 그로서는 한 사람의 수하라도 아쉬웠던 것이다.

그래서 살려주었지만 그를 볼 때마다 여전히 치솟는 노여움은 참기 힘들었다.

감히 내 밥그릇에 먼저 젓가락을 대다니? 하는 노여움이면서, 이제는 가질 수 없게 된 묘화에 대한 신경질과 짜증의 전이이기도 했다.

"차라리 저년을 죽여 버리는 게 낫겠어."

누군가의 투덜거림이 들렸다.

"시끄러!"

염필도가 신경질적으로 소리쳤다.

감히 저를 앞에 두고 투덜거리다니, 하는 생각에 더욱 화가 난다.

이제는 수하들이 저를 신뢰하지 않는다는 걸 모를 만큼 아둔한 염필도는 아니었다.

'이게 다 그 단운도라는 애송이 놈 때문이다.'

그런 원망이 들었다.

제가 한 짓보다 운도에 대한 미움이 앞서는 것이다.

끄응, 하고 앓는 소리를 낸 염필도가 달래듯 수하들에게 말했다.

"저년은 곱게 살려두고 있어야 한다. 터럭 하나 건들이면 안 돼."

다 생각이 있다는 듯 의젓하게 하는 말에 엎어져 있던 매부리코청년이 얼굴을 들었고, 동굴 밖만 내다보고 앉아 있던 수하들도 모두 염필도를 돌아보았다.

"내게 다 생각이 있어."

너희들보다 내가 훨씬 뛰어나다는 걸 자랑이라도 하려는 듯 염필도가 어깨를 으쓱거렸다.

"저년은 인질인 거야."

"인질이라니? 고작 그렇게 하려고 저년을 잡아왔단 말이오? 그 일로 인해 우리가 그동안 치른 대가가 어느 정도인지 생각해 봤소?"

누군가의 불만 서린 물음에 염필도가 더욱 의젓하게 말했다.

"두고 보면 알아."

"젠장, 나는 대체 염 두령에게 생각이 있기는 한 건지 모르겠소. 그저 닥치는 대로 쳐죽이기만 하면 된다더니 이제는 인질까지 필요하단 말이오?"

보이는 대로 죽인다.

그동안 염필도는 그런 자신의 좌우명에 충실했다.

그 결과 야차왕이라고 불리며 이 지옥에서 누구도 무시할 수 없는 강자로 꼽혀왔다.

지옥에 떨어져 우왕좌왕하던 자들은 그런 그에게 몰려들었다.

언젠가는 자신들 또한 염필도에 의해 죽게 되리라는 걸 알았지만 달리 선택할 여지가 없었던 것이다.

다른 놈들을 모두 죽이고 나면 그때는 염필도의 몽둥이가 저희들에게 향할 것이다.

하지만 그때 일은 그때 가서 생각하면 되지 않겠는가.

지금은 우선 염필도의 보호를 받는 게 절실하다.

그건 하루, 한순간을 사는 게 불확실하고 불안한 이곳에서 누구나 당연하게 여기는 생각이었다.

염필도에게 붙어 있으면 그나마 사는 동안에는 안전할 것이기 때문이다. 그래서 모여들었고, 또 한 명의 강자 표사군에게 머리를 숙이고 찾아간 자들도 그랬다.

그런데 지금 염필도는 눈에 띄게 흔들리고 있었다.

애송이로만 여겼던 단운도의 등장과 함께 그의 위상이 곤두박질치고 있다는 걸 이제는 모르는 자가 없었다.

"이놈들이!"

수하들의 불만 어린 눈길에 염필도가 얼굴을 붉히고 씩씩거렸다.

모조리 때려죽여 버렸으면 좋겠다는 충동이 든다.

그러나 지금은 참을 수밖에 없었다.

끄응, 하고 된 숨을 내뱉은 염필도가 억지로 마음을 가라앉히고 말했다.

"기다려. 그놈은 반드시 내 손으로 잡아 죽인다. 그런 다음에는 표사군 그놈과 일전을 벌이겠다. 거기서 결판이 나는 거야."

"제발 그렇게 되기를 바라겠소."

눈매가 쭉 찢어진 청년이 퉁명스럽게 대꾸하고 다시 고개를 돌려 동굴 밖을 바라보았다.

염필도의 마음에 이제껏 없던 불안감 한 자락이 슬그머니 고개를 들었다.

'이놈들이 혹시 내가 잠들었을 때 내 목을 잘라가지고 달아나는 것 아냐?'

그렇게 해서 단운도나 표사군 쪽에 붙어버릴지도 모른다는 생각을 하자 더욱 불안하고 불길해졌다.

'그렇게 되기 전에 차라리 내 손으로 이놈들을 모조리 죽여버리고 홀가분하게 처신하는 게 낫지 않을까?'

그런 생각이 점점 커진다.

묘화를 데리고 표사군에게 찾아가 항복한다면 그가 받아줄 것이라고 여겼다.

표사군 역시 단운도를 의식할 테고, 그래서 세력을 더 키우려는 생각을 할 것이다.

그런 만큼 저를 받아들이지 않을 리가 없다.

게다가 묘화까지 예물로 바치는 데에야 더욱 그렇지 않겠는가.

'그렇게 하는 게 낫겠다.'

염필도가 남아 있는 수하들을 모조리 죽여 버리겠다는 끔찍한 생각을 하고 스산한 눈빛을 빛낼 때였다.

딱, 딱.

저 앞, 비에 젖어 축 늘어져 있는 숲에서 나무를 두드리는 소리가 들렸다.

규칙적으로 들리는 그 이상한 소리가 점점 다가오고 있었다.

이 빗속에 누군가 오고 있는 것이다.

그리고 그들이 떠올릴 수 있는 사람은 딱 한 명뿐이었다.

단운도.

그 지겨운 놈이다.

염필도가 벌떡 일어섰다.

나머지 소년들도 모두 긴장하여 일어섰다.

뚫어지게 빗속을 바라본다.

딱, 딱.

벌써 사흘째.

비는 많지도 적지도 않게 지난 사흘 동안 줄기차게 내리고 있었다.

그리고 그 빗속에서 단운도의 추적도 쉬지 않고 계속되었다.

어디로 달아나도 결코 떼어놓을 수가 없었다.

냄새를 맡고 쫓아오는 사냥개라고 해도 그보다 더 정확할 수 없을 것이다. 그보다 더 끈질길 수 없을 것이다.

운도는 결코 서두르지 않았다.

묘화가 염필도의 손에 있기에 그런 건지도 모른다.

아니, 어떻게 보면 이제 묘화의 생사 여부 따위에는 관심이 없는 것 같기도 했다.

어쩌면 운도는 묘화가 이미 죽었을 것이라고 믿는 건지도 몰랐다.

염필도의 손에 잡혀갔으니 누구나 그렇게 생각할 것이다.

그것도 벌써 사흘 전이 아닌가.

그러므로 운도는 그녀의 죽음을 기정사실화하고 오직 복수를 해주기 위해 이처럼 끈질기게 염필도와 그의 무리를 쫓아다니는 것일 수도 있다.

그러는 동안 사냥의 재미에 흠뻑 빠져 있는 미친 살인귀가 되어버린 것 같기도 했다.

운도는 그들을 끈질기게 쫓아오되 처음처럼 그렇게 무작정 쳐들어오는 법이 없었다.

유인해 내거나, 기습을 해서 한 명이나 두 명씩 눈 깜짝할 사이에 해치우고는 바람처럼 사라졌다.

잔인한 데에 더해서 영악해지기까지 했으니 더욱 이가 갈린다.

그런 일이 몇 차례 거듭되자 이제는 아무도 염필도 곁에서 떨어지려고 하지 않았다.

무리를 이루고 있는 것만이 운도의 몽둥이에서 저를 지키는 최선의 방법이라는 걸 깨달은 것이다.

염필도는 그런 운도에게 치를 떨며 그동안 두 차례 더 맞붙어 싸웠다.

그리고 매번 깨졌다.

여태까지 살아 있다는 게 제 스스로도 기적으로 여겨질 정도로 흠씬 두들겨 맞곤 했던 것이다.

그의 맷집은 마풍산의 그것 못지않았다.

머리통을 박살 내놓거나 목을 잘라 버리지 않는 한 죽일 수 없는 건지도 모른다.

그런 염필도였지만 이제는 운도라는 이름만 들어도 치를 떨 만큼 질리고 말았다.

생각하는 것마저 끔찍하게 여겨진다.

그렇게 보낸 사흘이 그들에게는 이 지옥에서 정신없이 살아온 지난 몇 달보다 훨씬 길게 느껴졌다.

염필도와 그의 무리들은 시달릴 대로 시달려서 이제는 신경이 온통 바늘 끝처럼 곤두서 있었다.

딱, 딱—

그 신경을 더욱 긁어대는 저 끔찍한 소리.

"제기랄!"

기어이 눈매 날카로운 청년이 참지 못하고 동굴 밖으로 뛰쳐나갔다.

"기다려!"

염필도가 소리쳤지만 청년은 이미 돌도끼를 쥔 채 빗속을 미친개처럼 달려가고 있었다.

그 뒤를 두 명의 소년이 무어라고 아우성을 치며 따랐다.

단운도를 죽여 버려야 한다.

그래야 저 끔찍한 소리를 듣지 않을 수 있다.

아니면 차라리 죽어버리는 게 편할 것이라고 생각한 건지도 몰랐다.

그러면 비로소 저 끔찍한 소리로부터 해방될 수 있을 테니까.

운도는 지난 사흘 동안 그들이 어디로 달아나든 천천히 뒤따르며 하나씩 잡아 죽였는데, 그렇게 하기 전에 언제나 나무둥치를 두드려 제 기척을 알렸다.

처음에는 어리석은 놈이라고 비웃었으나 지금은 모두 그 소리에 놀라고, 목을 조여오는 두려움에 치를 떨게 되었다.

그건 마치 저승사자가 찾아와 문을 두드리는 소리 같았던 것이다.

딱, 딱—

그 소리가 더 가까워졌다.

동굴을 떠난 세 명이 비명에 가까운 고함을 지르며 숲속으로 뛰어드는 게 보였다.

그리고 나무 두드리는 소리가 뚝, 멎었다.

염필도와 남은 소년들이 잔뜩 긴장하여 주먹을 움켜쥐고 귀를 기울였다.

"으악!"

기어이 비명 소리가 터져 나왔다.

후두둑거리며 나뭇가지들이 일제히 물방울을 떨어뜨리는 소리도 들렸다.

숲이 흔들리는 것 같더니 다시 "으악!" 하는 비명 소리가 들렸다.

그리고 잠잠해진다.

염필도는 그것이 단운도의 비명이 아니라는 걸 잘 알았다.

자살하겠다는 심정으로 달려들어 간 미련한 놈들이 기어이 최후를 맞은 것이다.

'그런데 한 명은?'

그런 의문이 드는 건 세 명이 달려들어 갔는데 두 마디의 비명 소리만 들렸기 때문이다.

'아직 싸우고 있나?'

그렇다면 장한 일이라고 생각했다.

지독하고 끔찍한 단운도의 몽둥이에 맞서서 아직 용감하게 싸우고 있는 거라면 대단한 일 아니겠는가.

하지만 염필도는 상황이 그렇지 않다는 걸 모를 만큼 바보가 아니었다.

숲이 잠잠했던 것이다.

그건 누가 싸우고 있는 상황이 아니다.

"꿀꺽―"

염필도가 마른침을 삼키며 눈을 부릅떴고, 남은 세 명의 소
년도 주먹을 움켜쥔 채 긴장과 흥분으로 떨었다.

뚫어져라 하고 숲을 노려본다.

그리고 그곳에서 한 사람이 비틀거리며 걸어나오는 걸 보았
다.

눈매 날카로운 청년이었다.

얼굴이 깨져서 피를 철철 흘려대며 티틀비틀 숲을 빠져나오
고 있는 것이다.

'살았어?

염필도가 의아하게 바라보았다.

'어떻게?' 하는 의문이 그를 어리둥절하게 했다.

그리고 곧 그 대답을 들을 수 있었다. 아니, 볼 수 있었다.

"저놈!"

한 소년이 두려움에 질려 터무니없이 크게 소리쳤다.

단운도였다.

그가 핏물이 뚝뚝 떨어지는 몽둥이를 든 채 숲에서 나오고
있었던 것이다.

그건 화살을 맞고 비틀거리며 필사적으로 달아나는 사냥감
을 느긋하게 뒤쫓는 사냥꾼의 모습이었다.

지쳐 쓰러질 때까지 그것이 고통스러워하더 달아나는 모습
을 보고 즐기는 것이다.

눈매 날카로운 청년은 필사적이었다.

제 몸뚱이에서 흘린 핏물로 긴 자국을 만들며 동굴을 향해

몸부림치듯 한 발 한 발 다가오고 있다.

그러나 채 스무 발짝도 걷지 못하고 기어이 빗물이 고여 질 펀거리는 땅에 풀썩 엎어지고 말았다.

꿈틀거리며 고통스런 신음성을 흘릴 뿐 다시 일어나지 못한다.

천천히 다가온 운도가 제가 잡은 사냥감 곁에 우뚝 서더니 동굴을 바라보며 차갑고 잔인한 웃음을 흘렸다.

그런 운도의 모습에 염필도와 그의 수하들이 치를 떨었지만 더 이상 누구도 선뜻 달려나오지 못했다.

운도가 그들을 노려보면서 천천히 몽둥이를 들어 올렸다.

똑똑히 잘 보라는 듯하다.

"에잇!"

머리 위에서 잠시 몽둥이를 뚝, 멈추더니 이내 독한 외침과 함께 힘껏 내려쳐 버렸다.

퍽!

두개골이 박살 나는 끔찍한 소리가 모두의 귀에 천둥소리처럼 울렸다.

피와 뇌수가 분수처럼 솟구쳐 운도의 온몸을 적셨다.

그 모습이 처참하게 죽은 자의 그것보다 열 배는 더 끔찍해 보인다.

"지독한 놈."

염필도가 부르르 몸을 떨었고, 그의 좌우에 서 있던 세 명의 수하도 마찬가지였다.

그들은 지금, 운도가 야차왕 염필도보다 몇 배는 더 잔인하고 끔찍한 존재라고 생각했다.

그러므로 야차왕이라는 별명은 이제 운도의 것이 되어야 하리라.

운도가 이제는 세상의 그 무엇보다 흉악한 물건이 된 몽둥이를 들어 염필도를 가리키며 소리쳤다.

"너희들을 모두 이렇게 만들어주고 말 테다! 한 놈도 살려두지 않겠어! 나를 화나게 한 대가가 어떤 건지 죽어 원귀가 되어서도 잊지 못하게 해주고 말겠다!"

그의 외침이 비를 뚫고 온 숲에 쩌렁쩌렁 울려 퍼졌다.

그리고 천천히 느긋한 모습으로 돌아섰다.

느릿느릿 숲속으로 걸어 들어간다.

아무도 말을 하지 않았다.

"휴우—"

드디어 그의 모습이 숲에 완전히 파묻혀 보이지 않게 되자 누군가가 땅이 꺼지도록 한숨을 내쉬었다.

"가자!"

염필도가 서둘렀다.

이곳도 발각된 이상 더 머물 수가 없는 것이다.

"어디로 간단 말이오?"

한 소년이 울먹이며 물었다.

염필도가 멍하니 그런 소년을 바라보았다.

갈 곳이 없었다.

이곳을 떠난다고 한들 안전할 것인가.

저 지긋지긋한 악귀를 떼어놓을 수 있을 것인가.

단운도 그놈의 손에서 벗어날 수 있을 것인가.

이 지옥에서 그런 곳은 이제 아무 데도 없다는 걸 염필도는 절실히 느꼈다.

저놈을 건드리는 게 아니었다는 후회가 지금처럼 크게 든 적이 없다.

이제 갈 곳은 한 군데뿐이다.

"가자. 죽고 싶지 않은 놈은 나를 따라와라."

냉큼 묘화를 옆구리에 낀 염필도가 동굴을 박차고 달려나갔다.

그 뒤를 남은 소년들이 따랐으나 염필도에게 맞아 쓰러져 있는 매부리코의 청년은 그럴 수 없었다.

끙끙거리며 몸을 일으키려고 애써보지만 여의치 않았다.

"개자식. 내가 살아만 있으면 언제든지 네 머리통을 뽀개 버리고 말 테다."

청년이 바드득 이를 갈며 원독의 눈길을 텅 빈 동굴 입구에 던졌다.

누구 한 명 저를 돌아보지도 않고 떠났다는 게 한이 되도록 서럽기만 했다.

그러나 현실은 언제나 냉정하고 냉혹하지 않던가. 지옥이라는 이 빌어먹을 곳에서는 더욱 그렇다.

청년이 끙끙거리며 겨우 몸을 일으켰다. 한쪽 다리를 절뚝

거리며 간신히 걷는 걸음으로는 염필도를 따라갈 수가 없다.

그래도 그는 혼자서 동굴 속에 남아 있을 수가 없었다.

어떻게 하든 지금으로서는 염필도 곁에 붙어 있어야 하는 것이다.

그가 비록 몰락하여 쫓기는 신세가 되었다고 해도 저 혼자서 이 지옥을 헤매고 다니는 것보다는 낫지 않겠는가.

그런 생각으로 열심히 숲을 헤치고 걷던 매부리코청년이 "으악!" 하는 비명을 터뜨리고 털썩 주저앉았다.

빗물을 뚝뚝 떨어뜨리고 있는 커다란 자작나무 곁에 운도가 우뚝 서 있었던 것이다.

"그 꼴을 하고서 어디로 가려고?"

무심하게 묻는다.

"제, 제발, 제발 살려줘!"

매부리코청년이 체면이고 뭐고 다 내버린 채 무릎을 꿇고 연신 머리를 땅에 찧어댔다.

그러나 운도의 표정은 여전히 무심하기만 했다.

"묘화를 어떻게 했지?"

"나, 나는 절대로 그 계집애를 건드리지 않았어. 정말이다."

운도는 죽었느냐고 물은 것인데 청년은 그녀를 겁탈하지 않았다고 필사적으로 변명하고 있었다.

도둑이 제 발 저리다는 격이다.

"그럼 아직 살아 있다는 거냐?"

"그래."

“염필도 그놈이 묘화를 아직 살려두고 있단 말이지?”

“그, 그렇다니까. 그것도 곱게 잘 데리고 있다. 손 하나 대지 않았어.”

“왜?”

“왜라니?”

“그럴 거면 무엇 때문에 묘화를 잡아간 거지?”

“그건……”

염필도가 짐승 같은 마음으로 그녀를 겁탈하려고 했지만 묘화가 죽기로 반항했으므로 그렇게 하지 못했고, 지금은 인질로 삼았다는 말을 하면서 매부리코청년은 제 얘기는 쏙 빼놓았다.

“좋다.”

운도가 크게 고개를 끄덕였다.

아직 묘화가 살아 있고, 무사하다니 다행이라고 생각했다. 마음이 한결 가벼워진다.

“그럼 악검풍이는 누가 죽였지?”

“그건, 그건…….”

“염필도냐?”

“그, 그렇지. 맞아. 그가 아니면 누가 그렇게 하겠어?”

“홍, 너도 당연히 거들었겠지?”

“그게, 그러니까… 상황이 그럴 수밖에…….”

매부리코청년이 말을 더듬었다.

실은 악검풍을 죽인 게 바로 그였다. 하지만 내가 그랬노라고 어찌 말할 수 있을 것인가.

그의 뒤통수에 돌도끼를 내려친 게 바로 자신이라는 걸 죽어도 밝힐 수 없다.

"염필도는 어디로 갔느냐?"

"빨리 쫓아가면 잡을 수 있을 거야. 그는 표사군에게로 간다고 했다."

"표사군에게?"

운도가 고개를 갸웃거렸다. 그가 왜 표사군에게로 간 건지 언뜻 짐작이 가지 않았던 것이다.

표사군과 그는 서로 죽이기 위해 늘 으르렁대던 사이 아니던가.

"항복하려는 거다. 운도 네가 무서워진 거야. 표 두령에게 묘화를 바치고 그 대가로 저를 보호해 달라고 할 셈인 거지."

"비겁한 놈."

운도가 부드득, 이를 갈았다.

"이제 나를 살려줄 거지?"

매부리코청년이 비굴한 웃음을 지으며 그런 운도를 바라보았다. 아는 걸 다 가르쳐 주었으니 운도가 저를 살려줄 것이라고 믿는 눈치다.

"아니."

운도가 단호하게 말했다.

"엇!"

매부리코청년이 사색이 되어 두 팔을 들어 올렸다. 운도의 몽둥이를 막으려는 것이지만 아무 소용도 없었다.

퍽!

그대로 내려친 몽둥이에 기어이 그의 머리통이 박살 나 피와 뇌수를 쏟아냈다.

몇 번 꿈틀거리더니 축, 늘어져 다시는 움직이지 않는다.

"악검풍의 뒤통수에 박혔던 돌도끼의 임자가 네놈이라는 걸 알아."

운도가 아무 후회도 없이 돌아섰다.

이것으로 악검풍의 원수는 갚아주었다.

이제 묘화를 찾아와야 한다. 그리고 염필도를 죽여야만 이곳에서의 복수를 끝낼 수 있다.

하지만 마음이 무거워졌다.

어쩌면 표사군과도 싸워야 할지 모른다는 생각 때문이었다.

"표사군이 그놈을 받아들인다면……."

운도가 어금니를 악물었다.

염필도와의 싸움보다 배는 더 힘든 싸움이 될 것이다.

"하지만 포기하지 않는다."

주먹을 불끈 쥔 운도가 더욱 걸음을 재촉하여 성큼성큼 걸어갔다.

第四章
복수의 끝

마룡의
후예

표사군의 야영지가 저 앞이다.

여전히 비는 온 숲과 산을 적시며 츠적추즈 내리고 있었다.

운도는 잠시 망설였다.

어두워진 다음에 은밀히 숨어들어 가야 할지, 이대로 당당하게 쳐들어가야 할지 판단하기 쉽지 않았던 것이다.

잠시 생각하던 운도가 몽둥이를 쥔 손에 불끈 힘을 주고 성큼 나섰다.

커다란 바위 봉우리 아래에는 길 대신 울창한 숲이 있었다.

온통 비에 젖어서 무겁게 축 늘어져 있는 그 숲을 짐승처럼 헤치고 나아가면서 운도는 긴장하지 않을 수 없었다.

표사군은 염필도와 다르다는 걸 잘 알기 때문이다.

드디어 숲이 끝나고 개울이 보이는 곳에 이르렀다.

커다란 나무 아래 서서 운도는 눈여겨 주변을 살펴보았다.

늘 개울가에서 야영을 하던 자들이 오늘은 보이지 않았다. 비를 피할 수 있는 동굴이라도 찾아 들어가 있을 것이다.

울창한 나무에 가려져 보이지 않지만 개울 건너편의 저 숲 어딘가에 그들의 동굴이 있을 것이다.

운도가 숲에서 나와 개울가로 가까이 다가가자 과연 건너의 숲에서 인기척이 느껴졌다. 그리고 이내 세 명의 소년이 각기 몽둥이와 목창 등을 들고 달려나왔다.

계속된 비에 무섭게 불어난 개울을 사이에 두고 운도와 그들이 마주섰다.

한 놈이 위협적으로 소리친다.

"뭐냐? 여기는 왜 왔지?"

"표사군을 만나러 왔다!"

의외라는 듯 마주보던 세 소년이 수군대더니 그중 한 명이 재빨리 숲속으로 달려들어 갔다. 그리고 잠시 후 표사군이 숲에서 나와 개울가에 섰다.

운도를 보더니 올 줄 알았다는 듯 소리없이 웃는다.

"건너올 테냐?"

그 말에 운도가 성큼 개울로 들어섰다.

콸콸거리며 무섭게 흘러가는 누런 흙탕물에 허리까지 잠긴 채 조심스럽게 건너간다.

여차하면 물살에 휩쓸려 떠내려갈 판이라 운도는 두 다리에 온 힘을 다 쏟아 버틸 수밖에 없었다.

한 걸음을 떼어놓기가 천 근의 짐을 지고 있는 것처럼 힘들다.

그가 개울을 건너오자 표사군이 운도의 아래위를 훑어보고 머리를 끄덕였다. 그리고 나서 말없이 돌아서더니 숲으로 걸어 들어갔다.

"죽여!"

저를 죽이라고 악을 쓰는 놈은 사람이 아니었다.

불쌍한 한 마리 짐승이다.

커다란 그 짐승이 독기를 잔뜩 품고 노려본다.

최후의 발악을 하듯 으르렁거린다.

"깨끗하게 죽여. 여기서 끝내."

염필도의 꼴이 이 지경이 되리라고 누가 생각이나 해보았을 것인가.

살찐 소 같던 그의 모습은 그 자체로서 위협적이고 저항할 수 없는 위엄을 지녔었다.

그러나 지금은 그 모습이 오히려 징그럽게 보일 뿐이었다. 더욱 초라해 보였다.

그래서일까, 운도가 잔뜩 눈살을 찌푸린 채 신음성을 흘렸다.

문득 불쌍하게 여기는 마음이 생긴 건지도 모른다.

염필도는 제가 죽게 될 것임을 알았다.

그래서 구차하게 살려달라는 말 따위는 하지 않았다.

단번에 죽기를 원했다.

그게 지금으로서는 그가 할 수 있는 마지막 반항이면서 제 자존심을 지키는 최후의 길이라는 걸 잘 아는 것이다.

"어떻게 할 테냐?"

표사군이 아무런 감정이 없는 얼굴로 그런 염필도를 내려다보며 물었다.

운도가 "쩝" 하고 쓴 입맛을 다셨다.

죽여도 곱게 죽이고 싶은 마음이 조금도 없던 놈 아니던가.

짓이기고, 갈가리 찢어놓아야만 직성이 풀릴 만큼 증오했던 놈이다.

그래서 지난 사흘 동안 그처럼 잔인하고 냉정한 살귀가 되어 그를 뒤쫓았다.

그러나 지금은……

온몸에 상처를 입고 칡넝쿨로 단단히 묶인 채 쓰러져 있는 염필도를 내려다보던 운도가 잔뜩 얼굴을 찌푸렸다.

그의 끔찍한 포악과 잔인성을 잘 알고 있기에 그것과 자기 자신을 비교해 보지 않을 수 없었던 것이다.

그러자 지난 사흘 동안의 제 모습이 야차왕으로 불리던 염필도의 그것과 다르지 않았다는 걸 깨닫고 착잡한 심정이 되었다.

내가 그처럼 지독한 악귀로 변했고, 내 본성 안에 그처럼 악마적인 살육의 충동이 감추어져 있었다는 걸 깨닫게 해준 자.

그러므로 더욱 증오하게 될 수밖에 없는 자.

그게 바로 지금 발아래 쓰러져 있는 염필도였다.

그 염필도가 이렇게 비참한 꼴이 되어서 죽기를 갈구하고 있는 것이 그의 업보 때문이라면 나 또한 언젠가는 이런 꼴이 되지 않을 것인가, 하는 생각이 들어 가슴이 섬뜩해지기도 했다.

운도는 처음으로 자기 자신에 대한 혐오와 증오를 느꼈다.

그러자 자신을 그렇게 만들고 만 자에 대한 미움이 더욱 커진다.

"으음—"

다시 한 번 깊이 탄식한 운도가 애써 무심한 얼굴을 하고 표사군을 돌아보았다.

"묘화는?"

"무사하다. 깊이 잠들었으니 한참 더 있어야 깨어날 것이다."

그 말에 운도가 안도의 숨을 쉬었다.

"어떻게 할 테냐?"

표사군이 다시 물었다. 운도를 뚫어지게 바라본다.

그의 심중을 들여다보려는 것 같기도 했고, 운도가 과연 염필도를 어떻게 처리할지 궁금해하는 것 같기도 했다.

'표사군의 눈치를 볼 건 없지.'

운도는 그렇게 생각했다.

내가 하고 싶은 대로 하면 되는 것이다.

이곳이 원래 그런 곳 아니던가.

살려주든 죽이든 내 마음대로 하면 그만이다.

이미 죽어버린 것과 다름없는 저 고약한 짐승을 살려주어도 아무 상관이 없을 것이고, 죽인다고 해도 그렇다.

어쩌면 그의 바람대로 깨끗하게 죽여주는 게 이제는 그에게 덕을 베푸는 일이 될 것이다.

"그놈을 죽여줘. 그런다고 약속했잖아."

문득 들려오는 소녀의 가냘픈 음성.

운도가 흠칫 놀라 돌아보았다.

묘화가 핏기없는 창백한 안색으로 동굴 모퉁이에 서서 바라보고 있었다.

벽을 짚고 간신히 서 있었는데, 다리에 힘이 하나도 없는 듯 흔들린다.

"쯧쯧—"

표사군이 눈살을 찌푸리고 혀를 찼다.

"지독한 계집애로군."

묘화는 여전히 혼절한 듯이 쓰러져 있어야 했다.

지난 사흘 동안 어린 몸으로는 감당할 수 없을 만큼 커다란 충격을 받았던데다가 식음을 전폐했으니 아직 죽지 않고 있다는 게 기적과 같은 일이기만 하다.

그런데 운도가 왔다는 소리를 들은 모양이었다.

그래서 죽어도 좋다는 심정으로 저렇게 기어나왔으니 어지간히 독한 계집애가 아니고서는 불가능한 일이다.

그 지독한 계집애가 물기 뚝뚝 떨어지는 벽을 짚고 금방이라도 풀썩 주저앉을 것처럼 비틀거리며 위태롭게 다가온다.

운도와 표사군은 믿을 수 없다는 듯이 멍하니 그런 작은 계집애를 바라보기만 했다.

"오빠가 꼭 와줄 거라고 믿었어. 그게 내 힘이었어."

기어이 곁에 다가온 묘화가 운도의 팔을 붙들고 매달리며 헐떡였다.

"그 믿음이 없었으면 나는 벌써 죽고 말았을 거야."

"이젠 괜찮다."

운도가 묘화를 부축해 주며 말했다.

"모든 게 다 끝났어. 이젠 괜찮아. 나와 함께 돌아가는 거다. 마풍산이가 눈이 빠지게 기다리고 있을 거야."

"검패 오빠는? 그는 어떻게 되었지?"

"검패는……."

뒤통수에 돌도끼가 박힌 채 처참하게 죽어 있던 악검패의 얼굴이 떠올랐다.

"죽었지? 그렇지?"

"……."

"나는 똑똑히 보았어."

묘화가 이를 뽀도독 갈았다.

"바로 저놈이야. 저놈이 그렇게 했어. 저놈이 검패 오빠를 쓰러뜨리고 짓밟았어. 그리고 매부리코 그 개자식이 검패 오빠의 뒤통수를 찍었어."

그때의 일을 생각만 해도 치가 떨리는 듯 묘화가 진저리를 쳤다.

호호호 하고 낮게 키득거리고 있는 염필도를 가리키며 악을 쓴다.

"죽여 버려! 저 새끼를 내 눈앞에서 죽여 버려! 아니, 내가 그렇게 하겠어!"

어디에서 그런 힘이 난 건지 악을 쓴 묘화가 운도의 손을 뿌리쳤다.

비틀거리며 두어 걸음 염필도에게 다가갔지만 기어이 풀썩 쓰러지고 만다.

"뭘 망설이고 있는 거야? 내 원수를 갚아주겠다고 약속했잖아?"

묘화가 이글거리는 눈으로 운도를 바라보았다.

그 눈에 가득한 증오와 원한의 빛이 너무 끔찍한 것이어서 운도는 눈살을 찌푸렸다.

표사군은 한쪽으로 물러서서 팔짱을 낀 채 묘화를 바라보고 운도를 바라보며 호기심 가득한 눈을 빛내고 있었다.

염필도가 애써 몸을 일으켜 앉았다.

"죽여. 뭘 망설이는 거냐? 호호, 설마 나를 불쌍하게 여기는 건 아니겠지?"

운도를 바라보고 묘화를 바라보고 표사군을 노려보는 눈이 짐승의 그것 같았다.

광기로 번들거린다.

“흐흐, 어차피 우리 모두 또 다른 지옥에서 다시 만나게 될 거다. 내가 조금 더 일찍 갈 뿐이야. 터를 잡아놓고 네놈들이 오기만을 기다리고 있으마.”

그를 지그시 바라보던 운도가 성큼 나섰다.

“네가 한 짓의 대가를 받는 거라고 생각해라.”

쾅!

번쩍 몽둥이를 들어 올리자마자 더 이상 생각할 것 없이 무지막지하게 내려쳐 버렸다.

자비를 베푸는 것이다.

그 단단하던 염필도의 머리통이 온 힘을 다한 운도의 몽둥이질 한 번에 단박에 박살 나버렸다.

끙, 하는 신음이 그가 이승에 마지막으로 남겨둔 소리다.

피와 뇌수가 사방으로 튀었다.

묘화가 그것을 잔뜩 뒤집어쓴 채 미친 듯이 웃었다.

“까르르— 드디어 뒈졌구나!”

올빼미가 우는 것처럼 웃어대는 그 모습이 염필도의 처참한 주검보다 몇 배는 더 끔찍했다.

“까르르— 뒈졌어. 뒈져 버렸어!”

묘화는 정말로 미친 것 같았다.

작은 주먹을 움켜쥐고 이미 박살이 나버린 염필도의 머리통을 마구 두드려 댔다.

피와 뇌수가 그녀의 하얀 손에 끈적거리며 묻어났고, 혈수(血手)로 변해 버린 그 손을 들어 후려칠 때마다 철벅거리는 끔찍한 소리가 났다.

"그만 해!"

보다 못한 운도가 버럭 소리쳤다.

묘화의 저 모습을 꿈에서 다시 보게 될까 봐 두렵다.

그가 묘화의 어깨를 붙잡아 내동댕이쳤다.

저만큼 떨어진 곳으로 굴러가 동굴 벽에 부딪쳐 쓰러지면서도 묘화는 여전히 까르르, 웃어댔다.

*   *   *

"왜 그렇게 했지?"

운도의 뜬금없는 말에 표사군이 어리둥절하다는 얼굴을 하고 바라보았다.

"뭐가 말이냐?"

"염필도를 잡아서 나에게 넘겨준 것 말이다. 나는 네가 그를 받아줄 거라고 생각했다."

"내가? 어째서 그렇게 생각한 거지?"

표사군이 번쩍이는 눈에 한줄기 의아함을 담고 운도를 바라보았다.

그러더니 이내 그 속을 짐작하겠다는 듯 흐흐, 하고 낮게 웃었다.

"묘화 때문에 말이냐? 내가 저 작고 끔찍한 계집애를 탐낼 거라고 여긴 거냐?"

“아니면 됐어.”

운도가 멋쩍게 말하자 표사군이 정색을 했다.

“내가 왜 그토록 염필도를 죽이려고 했는지 아느냐?”

“이곳의 주도권을 잡으려고 그런 것 아니었어?”

“흥, 이따위 썩어 문드러질 곳에 무슨 욕심이 있어서?”

코웃음을 친 표사군이 의미심장한 눈으로 운도를 빤히 바라보았다.

그리고 뜬금없이 엉뚱한 말을 했다.

“신세진 빚은 이걸로 갚았다.”

“신세라니?”

“벌써 잊은 거냐? 사흘 전의 일을 말이다.”

운도가 고개를 끄덕였고, 표사군은 어느새 냉정한 얼굴이 되었다.

매섭게 쏘아본다.

“이제는 너와 나의 싸움이 되겠군.”

“상관없어.”

심드렁한 운도의 말에 표사군이 언뜻 이해할 수 없다는 표정을 지었다.

“상관없다니? 이제 석 달밖에 남지 않았다. 그 안에 모든 걸 끝내야 해. 그리고 이곳에서 살아 나가는 자는 내가 될 것이다.”

“상관없다고 했잖아.”

“그렇다면 지금 너를 죽여도 되겠군?”

“네 수하들은?”

갑작스런 운도의 질문에 표사군이 어리둥절해져서 바라보았다.

운도가 턱짓으로 동굴 안쪽을 가리켰다.

그곳에는 십여 명의 무리가 쉬고 있는 중이었다.

표사군을 두령으로 모시고 그동안 충성을 바쳤던 자들이다.

“그들이 말한 규칙대로라면 네 수하들도 모두 죽여야겠지? 정말 그렇게 할 테냐?”

표사군이 낯을 찌푸렸다.

선뜻 대답하지 못한다.

그가 침묵에 빠졌고, 운도 또한 그랬다.

어떻게 보면 표사군이 대답하기를 기다리는 것 같았고, 또 어떻게 보면 제가 지금 무엇을 물었는지조차 잊은 채 멍해져 있는 것 같기도 했다.

운도의 가슴속에는 회의가 가득 차오르고 있는 중이었다.

염필도를 무참히 죽여 버린 뒤에 생긴 알 수 없는 감정이다.

운도는 염필도를 그 누구보다 증오했다.

그와는 풀 수 없는 원한도 생겼다.

하지만 그런 식으로 죽이고 싶지는 않았다.

당당하게 싸워서 죽이고 싶었던 것이다.

그래야 정당하다고 생각했다. 그렇게 했다면 지금처럼 이런 회의에 빠지지도 않았을 것이다.

그러나 이미 죽은 것과 다름없는 그를 무참히 살해했다.

그건 숲속에서 매부리코를 죽일 때의 감정과는 또 다른 것
이었다.

염필도를 죽인 그 순간에는 통쾌함도 맛브았다. 하지만 그
느낌은 잠깐뿐이었다.

그리고 그 대가로 지금은 이렇게 게 자신에 대한 회의가 들
어 괴로워하는 것이다.

그런 감정을 표사군에게 드러내고 싶지 않아 감추고 있지만
그의 말투에는 그래서 허무가 배어나고 있었다.

표사군은 그런 운도의 변화를 느끼고 의아해질 수밖에 없었
다.

그가 알고 있던 운도는 강하면서 단호한 ㅈ- 아니던가.

비록 자신처럼 냉정하지 않았고, 염필도처럼 잔혹하지 않았
지만 자신과 염필도에게는 없는 위엄이 있었다.

그래서 겉으로는 무시하는 것처럼 굴었으나 내심으로는 염
필도보다 운도를 더욱 경계하고 꺼림칙하게 여기고 있었다.

그런 운도가 지금은 쓸데없는 허무에 빠져 나약해진 것처럼
보였다.

'그렇다. 이곳에서 허무한 감정이란 정말 쓸데없는 것이
다.'

표사군은 자기 자신에게 그렇게 속삭여 주었다.

허무란 나의 심신을 허약하게 만드는 독약 같은 것이라고
믿는다.

'나는 나의 길을 간다. 그것뿐이다.'

운도를 바라보는 표사군의 눈빛이 더욱 차가워졌다.

운도는 멍하니 비 그쳐 가는 짙은 숲을 바라보고 앉아 있기만 했다.

아무런 말도 표정도 없다.

그런데 이상하게도 표사군의 눈에는 그런 운도의 모습이 점점 크게 보였다.

당황하게 된다.

'내가 과연 이놈을 이길 수 있을까?'

불쑥 든 그런 생각이 자신에게 찾아온 이 망설임의 정체라는 걸 깨닫는 데에는 많은 시간이 필요치 않았다.

며칠 전의 일을 떠올리지 않을 수 없었던 것이다.

비록 기습의 효과를 보았다고는 해도 운도는 저를 꼼짝 못하게 했던 흑의인을 몇 번의 몽둥이질로 쓰러뜨리지 않았던가.

그때 보았던 운도의 몽둥이질은 눈부신 것이었다.

여태까지 그와 몇 차례 싸워보았고, 그가 다른 자들과 싸우는 걸 몰래 지켜보기도 했었다.

하지만 그때의 운도와 흑의인을 상대하던 운도는 전혀 다른 사람 같았다.

그게 운도의 진짜 실력이라면 이곳에서 그를 이길 수 있는 자는 아무도 없을 것이라는 생각을 하지 않을 수 없다.

'그렇다면 이곳에서 살아 나가는 자는 내가 아닐 것이다.'

그런 생각이 표사군에게 절망감과 함께 운도에 대한 맹렬한 적의를 불러일으켰다.

저놈이 저렇게 넋을 놓고 있을 때, 허무에 빠져 허우적거리고 있을 때 슬그머니 일어나 그대로 내려쳐 버린다면 단번에 뒤통수를 깨뜨려 버릴 수 있을 것이다.

그런 충동을 참기 힘들었다.

표사군이 운도가 아무렇게나 곁에 떨어뜨려 두고 있는 몽둥이를 힐끔 바라보았다.

저것을 집어들기만 하면 운도가 미처 방비하기 전에 해치워 버릴 수 있다는 유혹이 더욱 강해진다.

비록 그가 깜짝 놀라 정신을 차린다고 해도 촌각의 시간은 필요할 것이다.

그 잠깐 동안의 공백 상태는 운도에게 잠자고 있는 시간과 다름없다.

그러면 충분하지 않을 것인가.

"으음—"

표사군이 뜨거운 신음을 삼켰다.

자신의 욕망을 통제하는 일이 너무 힘들고 고통스러워 저도 모르게 얼굴이 시뻘겋게 달아오르고 터질 듯이 심장이 아파왔다.

표사군의 낮은 신음성을 들은 운도가 의아해하는 얼굴로 돌아보았다.

이제는 다 틀렸다.

하지만 표사군은 자신의 결정이 옳았다고 믿었다.

‘비겁한 건 싫다.’

자기 자신을 격려하고 칭찬해 준다.

비록 잔혹하고 냉정한 살인귀가 되었지만 그것과 비겁한 것
과는 다르다.

그건 자존심의 문제 아니던가.

내가 비록 이 빌어먹을 지옥에 떨어져 허우적거리고 있을망
정 자존심마저 내버릴 수는 없다는 게 표사군의 신념이었다.

자존심을 포기하는 순간 염필도 같은 놈으로 타락해 버릴
것이다.

악귀가 될지언정 짐승이 될 수는 없다.

"가라."

표사군이 운도의 눈길을 외면했다.

그 한마디를 내뱉는 게 무거운 바윗덩이를 들어 올리는 것
보다 더 힘들다.

"너는 아직 내 물음에 대답하지 않았다."

운도가 몸을 일으키는 대신에 무심하게 말했다.

"뭘?"

"네 수하들을 모두 죽이겠느냔 말이다."

"으음—"

"너는 그렇게 하지 못할 것이다."

운도가 단정하듯 말했다.

"어째서?"

표사군이 ‘내가 심약한 놈이라고 비웃는 거냐?’ 하고 화를

내는 것 같은 눈으로 운도를 노려보았다.

그러나 운도는 여전히 무심하기만 했다.

그리고 여전히 단정하여 말했다.

"너는 나와 같은 부류이니까."

"같은 부류라고?"

"그렇다."

그 말의 함축적인 의미를 표사군은 모두 이해할 수 없었다.

그래서 더욱 어리둥절해지게 된다.

짜증이 났다.

머릿속이 세게 맞은 것처럼 윙윙 울리고 아파왔기 때문이다.

운도가 다시 단정하듯 말했다.

"그렇다면 결론은 하나밖에 없지."

"……"

"너는 내가 그날 왜 그곳으로 찾아갔는지 아느냐?"

"……"

표사군은 여전히 대꾸하지 않았다. 못하는 것이다.

다만 이제는 궁금증을 품고 운도를 바라본다.

"그들에게 내 결심을 전하고 싶어서였다."

"결심이라고?"

"그들이 멋대로 정해놓은 규칙 따위는 더 이상 따르지 않겠다는 거지."

"……"

"당당하게 통보하려고 했던 거다. 나는 나를 따르는 자들을 모두 데리고 이곳에서 나가겠노라고."

"아!"

표사군이 깜짝 놀라 움찔했다.

얼굴색이 창백해진다.

"나는 그런 생각을 하지 못했다!"

저도 모르게 소리치듯 대꾸하고 나서 제 소리에 놀라 다시 움찔했다.

"하지 못했다고?"

이번에는 운도가 놀랐다는 듯, 의외라는 듯 표사군을 바라보았다.

"그렇다면 너는 무엇 때문에 그날 거기에 갔던 거냐?"

무엇을 망설이는지 운도의 눈길을 피해 한동안 침묵하던 표사군이 드디어 결심한 듯 말했다.

"나는 이 빌어먹을 곳에서 나가려고 했던 거다."

"뭐라고?"

운도가 믿을 수 없다는 듯 눈을 더욱 크게 뜨고 빤히 바라보았다.

"너는 천마비동에 들어가지 않을 생각이냐? 그것 때문에 이곳에 왔고, 그처럼 지독하게 군 것 아니었어?"

표사군이 입을 굳게 다물었다. 표정마저 딱딱하게 굳어 있었다.

운도는 그에게 말 못할 사정이 있는 모양이라고 짐작했다.

"말해봐. 나는 네가 대체 무슨 꿍꿍이속을 지니고 있는 건지 알아야겠다."

"시끄러워!"

표사군이 발끈해서 소리쳤다.

"내가 언제 너에게 네 사정에 대해서 물어보더냐?"

"아니."

"여기 있는 자들 모두 저마다의 절실하고 절박한 사정을 가지고 있다."

운도가 고개를 끄덕였다.

멋모르고 이곳에 들어온 자는 한 명도 없다는 걸 그 또한 잘 아는 것이다.

표사군이 냉정하게 말했다.

"하지만 아무도 묻지 않는다. 그건 이곳만의 또 하나의 규칙이기도 하지."

운도 또한 그걸 잘 알기에 더 이상 듣기를 포기했다.

언젠가는 알게 될 것이다. 하지만 지금은 더 재촉할 수 없다.

"같이 가자."

불쑥 내뱉은 운도의 말에 표사군이 무슨 헛소리를 하느냐는 듯 바라보았다.

"나 또한 천마비동이니 뭐니 하는 소리에는 관심이 없다. 그러니 우리는 함께 이곳을 나갈 수 있어."

"관심이 없다고? 그럼 왜 이곳에 들어온 거지?"

“그럴 만한 사정이 있으니까. 하지만 천마비동과는 상관없는 것이다. 그리고 이제는 더 기다릴 이유도 없어졌어.”

“염필도가 죽었기 때문이냐?”

“그렇다.”

“아직 내가 이렇게 두 눈 시퍼렇게 뜨고 살아 있는데도?”

“너는 나와 싸우지 않을 테니까.”

“으음—”

표사군은 확신에 찬 운도의 말을 부정할 수 없었다.

아니, 운도의 말이 자신의 정곡을 찌른 것임을 인정하지 않을 수 없다.

그를 뚫어지게 바라보던 운도가 다시 말했다.

“너는 더 이상 나와 싸우지 않을 것이고, 네 수하들을 죽이지도 못할 것이다. 그렇다면 우리가 그들의 규칙을 따를 필요가 있을까?”

“그러나 그들은 내보내 주지 않을 것이다.”

“우리 힘으로 하면 되지.”

“너와 내가 한다고?”

“그들은 우리를 막지 못할 것이다.”

이제는 말뿐만 아니라 운도의 온몸에서 확신의 힘이 느껴졌다. 눈부시게 번쩍이는 것 같아서 표사군은 감히 그의 눈을 똑바로 바라볼 수 없었다.

“너하고 나하고 힘을 합쳐서 이곳에 남아 있는 자들을 모두 이끌고 나간단 말이지?”

“그렇다.”

“다른 놈들이 동의할까?”

그들은 모두 천마비동의 유혹에 빠져 이곳에 들어온 자들 아니던가.

천마비동을 포기하고 나가자는 말에 쉽게 동의할 수 없을 것이다.

그러나 운도의 뜻은 단호했고, 그가 제시하는 해답은 간결했다.

“끝까지 미련을 갖고 남아 있겠다는 자들은 그렇게 하도록 놔두면 되겠지.”

운도가 말끝에 제 스스로도 의문이라는 듯 머리를 갸웃거렸다.

“그런데 과연 그렇게 하려고 할까? 이미 이곳에서의 삶이 얼마나 지독하고 끔찍한 건지 지겹도록 느꼈을 텐데 말이다.”

표사군은 그럴지도 모른다고 생각했다.

“또, 그렇게 남은 자들 중에서 한 놈이 나머지를 다 죽이고 살아남았다고 해도 과연 홍안적성에서 그를 인정해 줄까?”

이곳의 패자로 군림하게 된 표사군과 그의 유일한 상대인 운도가 떠나 버리면 나머지는 이류에 불과하다.

운도는 밖에 있는 자들이 그런 것을 원치 않으리라고 확신했다. 그들이 원하는 건 가장 강한 자 아니었던가.

운도는 그러므로 남아 있는 자들이 모두 함께 떠나자는 자신의 말에 동의할 것이라고 굳게 믿었다.

그러나 어디에도 예외는 있었다.

예측 불가능한 게 사람의 마음이라는 말처럼.

＊　　　＊　　　＊

"아니, 나는 안 가."

마풍산이었다.

"뭐라고?"

운도가 어이없다는 듯 그를 바라보았다.

"기어이 천마비동이라는 데에 들어가겠다는 거냐?"

"아니, 나는 그냥 여기가 좋아."

"허어—"

마풍산은 천마비동 따위에 관심이 없었다.

그가 왜, 무엇 때문에 이곳에 들어왔는지조차 의문이지 않았던가.

마풍산에게 어떤 사정이 있는지는 아무도 알 수 없었다.

물어보아도 소용없을 것이다.

어쨌든 마풍산은 모두 떠나 버린 텅 빈 이곳에서 혼자 살 작정인 것이다.

더 이상 지옥이 아닐 테니 그에게는 이곳보다 자유로운 곳이 또 없을지도 모른다.

운도는 어쩌면 마풍산이 세상에 지독한 혐오를 가지고 있는지도 모른다고 생각했다.

그곳을 떠나고 싶어서 차라리 죽겠다는 심정이 되어 제 발로 이 지옥에 들어온 것이고, 살아남았다. 그리고 이제는 이곳을 떠나고 싶지 않아진 것이리라.

그렇다면 그건 곧 세상으로 다시는 들어가지 않겠다는 뜻이기도 했다.

그것이 마풍산의 결심이라면 어쩔 수 없는 일이라고 생각했다.

한번 저렇게 고집을 부리기 시작하던 아무도, 그 무엇도 그 고집을 꺾어놓을 수 없지 않던가.

운도가 표사군을 돌아보았다.

그는 잔뜩 낯을 찡그리고 있었다.

한숨을 쉰 표사군이 네 일이니 네가 알아서 해보라는 듯 어깨를 으쓱였다.

운도는 난감하기만 했다.

"나도 가지 않겠어."

이번에는 묘화가 야무지게 말하고 운도의 손을 뿌리쳤다.

"뭐? 너도?"

기가 막혀 절로 입이 딱 벌어진다.

"운도 오빠에게 짐이 되기 싫어. 그리고 이 세상에서 풍산 오빠만큼 나를 잘 돌보아줄 사람은 또 없을 거야."

"그게 이유냐?"

"더 뭐가 필요해?"

당돌하게 말하지만 묘화의 두 눈에 가득한 건 슬픔이었다.

물끄러미 운도를 바라보던 묘화가 어린 계집애답지 않게
폭, 한숨을 쉬었다.

"그리고 밖에 나가봐야 이제는 갈 곳도, 의지할 사람도 없
어."

"그래서 여기서 그냥 살겠다고? 풍산이와 함께?"

"응."

단호하게 말하고 타박타박 걸어 마풍산에게로 간다.

그의 손을 잡고 서서 환하게 웃으며 다시 말했다.

"나중에 다시 만나게 될 텐데 뭐."

운도가 한숨을 쉬었다.

사람의 일이 어떻게 될지 아무도 모른다지만 마풍산이와 묘
화가 이곳에서 살게 된다면 세상에서는 다시 만날 일이 없을
것이다.

물끄러미 그들을 바라보던 운도가 툭, 던지듯 말했다.

"그렇다면 너희들 뜻대로 해라."

서운한 마음이 밀려들어 마풍산과 묘화가 미워지기까지 했
다.

그러나 묘화의 처지를 생각해 본다면 그녀의 선택이 아이답
지 않게 현명하다는 걸 인정할 수밖에 없었다.

"또 다른 사람들은?"

운도의 말에 표사군을 따라온 자들이 서로 눈치를 보았다.

여기 남겠다고 한 순간부터 다시 죽고 죽이는 지겨운 일을
되풀이하게 된다는 걸 모두는 너무나도 잘 알고 있었다.

그리고 이제는 처음 이곳에 들어왔을 때와는 달리 그 살벌한 생존경쟁 속에서 내가 꼭 살아남을 것이라는 자신감도 사라지고 없었다.

그동안 천마비동에 대한 유혹보다는 삶에 대한 집념과 죽음에 대한 두려움이 훨씬 커져 있었던 탓이다.

이렇게 될 줄 알았다면 내가 왜 그들의 말에 홀려서 이곳에 들어왔던가, 하는 후회만 남아 있다.

第五章
불청객

마룡의
후예

“독해질 수 있겠느냐?”

흑풍객의 말에 위서향이 입술을 잘근 깨물며 고개를 끄덕였
다.

“그렇다면 가라.”

위서향이 검을 집어들고 발딱 일어섰다.

흑풍객에게 읍을 해 보이고 성큼성큼 걸어나가는 걸음걸이
가 어제의 그녀와는 사뭇 달라 보였다.

‘독해져야 해.’

위서향은 자기 자신에게 그렇게 다짐했다

독해지지 않고서는 강호라는 이 험난한 세계에서 살아갈 수
없으며 목표한 바를 이룰 수도 없다.

'적은 죽인다. 동지와의 약속은 목숨을 걸고 지킨다.'

다시 자기 자신에게 해주는 그런 다짐은 흑풍객으로부터 받은 영향이었다.

그게 지금 그녀를 전혀 다른 사람으로 변하게 해준 힘이자 오기였다.

그러나 다짐과 약속만으로 독해질 수는 없다.

그만한 동기가 있어야 하고, 자기와의 싸움이라는 힘든 과정을 거쳐서 그렇게 되는 것 아니던가.

자기 자신의 유약함, 두려움, 망설임과 싸워 이기는 일은 무섭고 힘든 일이다.

위서향은 그러나 끝내 이겨서 그것들을 몰아내야 한다고 다짐했다.

모질고 지독하다는 소리를 들을지라도 한 점 망설임 없는 과감한 정신을 가져야 한다.

그게 비로소 강호의 여걸로 다시 태어나게 되는 길임을 위서향은 확실히 느꼈다.

그녀가 그렇게 자기 자신의 변화를 간절히 원하는 건 단지 한 가지 이유 때문이었다.

어떤 어려움이 있어도 두려워하지 않고 부딪쳐 아버지의 실종에 대한 비밀을 밝혀내기 위해서이다.

흑풍객도 그걸 원하기 때문에 저를 이렇게 혼자 보내는 것이라고 생각했다.

단련을 시키려는 것이다.

그리고 시험해 보는 것이다.

그렇다면 그 시험을 반드시 통과해야 하리라.

*　　　*　　　*

왕 대인은 꿈에 부풀어 있었다.

새로 데리고 올 계집애의 미모가 이 근래에 찾아보지 못했던 것이라 그렇다.

오늘 밤 그 야들야들한 것을 품에 안고 밤새 즐겨볼 작정이다.

열여덟 살이라고 했다.

그런 보석이 어떻게 그런 시궁창에 처박혀 있었던 건지 지금 생각해도 이해할 수 없었다.

아니, 아무도 그걸 알아보지 못했다는 게 더욱 이해할 수 없는 일이었다.

아니, 알아본 자가 어찌 없을 것인가. 하지만 아직 아무도 그것을 손에 넣지 않았다는 게 더욱 불가사의한 일이기만 하다.

그걸 제가 찾아내었고, 오늘 밤이면 드디어 손에 넣게 된다.

열여덟 살이라는 나이가 조금 마음에 걸리기는 했다.

막내딸과 동갑이지 않은가.

한 가닥 양심이 꿈틀거렸다.

그러나 그건 금방 사라졌다.

이제는 늙어 볼품없이 변해 버린 마누라.

옆구리에 덕지덕지 붙은 살처럼 심술과 질투만 늘어난 그 마누라를 생각하면 끔찍하기만 했다.

그동안 들인 첩이 세 명이었다.

처음에는 그렇게 달고 좋아서 미칠 것 같더니 몇 년 지나지 않아 시들해져 버렸다.

이제는 그것들이나 늙은 마누라나 다를 게 없어 보인다.

그러던 차에 찾아낸 성가 그놈의 어린 딸은 늙은 돼지 왕 대인에게 있어서 평생을 찾아 헤매던 보물이나 마찬가지였다.

그걸 지척에 두고서도 여태까지 모르고 있었다는 게 그렇게 원통할 수가 없다.

마누라의 질투와 강짜쯤이야 수련이라는 그 어리고 야들야들하고 파닥거리는 계집애를 품는 즐거움의 대가라고 여기고 꾹 참아주면 그만이다.

돼지겠노라고 발광을 떨겠지만 내버려 두면 그만인 것이다.

정말 그렇게 해주면 좋은 일이 아니겠는가.

하지만 그년은 절대로 그렇게 돼질 년이 아니다.

"에잉, 쯧쯧—"

언제나 마누라를 생각하면 속이 불편해지는 왕 대인이 잔뜩 인상을 쓰고 혀를 찼다.

마누라야 그렇다 치고, 다음으로 마음에 걸리는 게 세 첩년들의 앙탈이었다.

잠시 인상을 썼던 왕 대인이 히죽 웃었다.

“제까짓 것들이 어쩌겠어?”

이 가문의 존장이자 이 장원의 주인인 내가 첩을 하나 더 들이겠다는데 어느 연놈이 감히 막을 수 있을 것인가.

밀어붙이면 만사형통이다.

그러므로 문제될 게 아무것도 없다.

잠시 시달리겠지만 옷 몇 벌 해주고, 용돈이나 쓰라며 은자 두둑하게 집어주면 이내 체념하고 말 것이다. 저희들도 다 그 과정을 거쳤으니까.

목돈이 나간다는 게 좀 속이 쓰리기는 하지만 밤마다 천국의 열락을 즐기는 대가라고 생각하면 정말, 아주 저렴하지 않은가.

나이 육십을 넘겨서 회춘의 비방을 얻기라도 한 것처럼 왕대인, 왕사척의 가슴은 사뭇 방망이질을 쳐댔다.

일각이 여삼추라는 말이 이렇게 실감되기는 또 처음이다.

“아직 소식이 없느냐?”

그가 버럭 소리쳤다.

밖에서 대기하고 있던 종놈이 걸걸한 음성으로 즉시 대답한다.

“조금 전에 곽삼이 달려와 기별했습니다. 두어 시진 뒤에는 도착할 겁니다.”

“끄응, 늦다, 늦어.”

발을 구른 왕 대인이 다시 소리쳤다.

“파발을 또 보내! 좀 더 서두르라그 일러라!”

"옙!"

종놈이 쿵쿵거리며 달려가는 발소리를 들으면서도 왕 대인,
왕사척의 조급증은 조금도 덜해지지 않았다.

마차를 호위하고 있는 다섯 명의 기마 무사와 세 명의 종은
진현(進縣) 제일의 세도가인 왕가장(王家莊)의 사람들이었다.

촌민들은 모두 길에서 비켜서서 마차가 지나갈 때까지 공손
하게 고개를 숙인 채 기다렸다.

뿌얀 먼지를 날리며 마차와 무사의 무리가 사라지고 나서야
허리를 펴며 한껏 눈을 흘기고 욕을 해대고 침을 뱉을 뿐이다.

그러나 왕가장의 무사와 종들에게는 상관없는 일이었다.

보지 못했고 듣지 못했으니까.

일대 이백여 리에 흩어져 있는 전답이 모두 왕가장의 소유
였다.

그러므로 진현 외곽에 살고 있는 촌민들은 죄다 왕가장의
땅에 빌붙어 사는 소작인들인 셈이다.

진현을 다스리는 지현마저도 왕사척의 눈치를 보아야 하는
실정이니 그 땅을 일구어 먹고사는 촌민들이야 더 말할 것도
없다.

거칠 것 없이 질주해 간 자들이 드디어 현성의 남문을 통과
했다.

진현을 가로질러 북쪽 문을 나가 삼십 리만 더 가면 왕가장
이다.

"잠시 쉬었다 가자."

무리의 우두머리인 팔자수염의 중년 장한이 마편을 들어 한 곳을 가리켰다.

〈화홍루(華紅樓)〉라는 금색 커다란 현판이 걸려 있는 삼 층의 누각이었다. 진현에서 가장 크고 호려한 주루로 이름 높은 곳이다.

말들이 이미 몹시 지쳤고, 사람들도 그랬으므로 우두머리의 말에 모두 반색을 했다.

이곳에서 잠시 땀을 식히고 허기진 배를 달래고 출발해도 해지기 전에는 도착할 것이다.

그들이 화홍루 앞에 마차를 세우고 안에서 한 소녀를 부축해 내렸다.

붉은 옷을 입었고, 얼굴마저 붉은 면사로 가린 터라 마치 혼례를 치르러 가는 아가씨처럼 보였다.

그러나 그 아가씨가 바로 왕 대인이 네 번째로 맞아들이는 첩이라는 걸 현성 안의 사람들은 모두 알고 있었다.

그중 소식이 빠른 자들은 그 아가씨가 매화촌의 찢어지게 가난한 소작 성석만의 하나뿐인 딸이라는 것도 이미 알고 있었다.

그 궁벽하고 외진 매화촌에 대체 어떤 미인이 있었단 말인가.

욕심 많은 돼지 왕사척이 탐을 낼 정도라면 보통이 아닐 것이다.

나쁜 놈. 염치도 모르는 늙은 돼지라고 소리 죽여 왕사척을 욕하면서도 사람들은 호기심을 버릴 수 없었다.

그래서 아가씨가 마차에서 내리자마자 모두가 시선을 주었지만 얼굴을 알아볼 수 없으니 안타까워할 뿐이다.

장한들이 아가씨를 데리고 들어가자 아이들과 구경꾼들이 화홍루 앞에 모여들어 서로를 밀쳐 대며 안을 기웃거리느라고 한바탕 소란이 벌어졌다.

맞은편의 찻집에서 그런 모습을 무심하게 바라보고 있는 한 사람이 있었다.

경장 위에 짙은 회색의 피풍(披風)을 걸쳤고 머리에는 갓이 넓고 평평한 죽립을 썼으므로 용모를 알아볼 수 없으나, 섬세한 몸매로 보아 여자가 분명했다.

차탁 위에 한 자루 고풍한 검을 놓고 있으니 강호의 여협일 것이다.

남은 차를 마시기 위해 천천히 찻잔을 기울이는 손이 눈처럼 희었다. 손가락은 가늘고 섬세하다.

차를 다 마신 그녀가 품에서 구리 동전 한 닢을 꺼내 빈 찻잔 속에 떨어뜨렸다.

딸그랑, 하는 소리가 청량하게 들린다.

주인이 그 소리를 듣고 힐끔 바라보았을 때, 그녀는 벌써 찻집 밖으로 걸어나가고 있었다.

가볍게 펄럭이는 피풍 자락 사이로 언뜻언뜻 검병(劍柄)에 달려 있는 붉고 긴 수실이 흔들리는 게 보였다.

＊　　　＊　　　＊

한 사람이 찾아왔다.

약속했던 바 없고, 기다린 적도 없는 사람이다.

기별도 없이 불쑥 찾아온 그 사람이 조금도 미안해하지 않는 것처럼, 불청객을 맞이하는 사람도 조금도 놀라거나 불쾌해하지 않았다.

무덤덤하기가 무심해 보일 정도여서 곁에서 바라보는 사람이 오히려 무안해진다.

“술도 한잔 안 주나?”

불청객이 의당 그래야 하는 것 아니냐는 듯 천연덕스럽게 말했다.

맞이한 사람도 천연덕스럽기는 마찬가지였다.

“빈손으로 왔단 말이오?”

“흘흘, 거지가 항상 빈손이지. 그렇지 않으면 미쳤다고 거지라고 불리는 걸 좋아하겠어?”

“쯧쯧…….”

못마땅한 듯 혀를 차는 사람은 흑풍객 장하륜이었다.

그가 머뭇거리며 눈치를 보고 서 있는 중년의 사내에게 눈짓을 했다.

“술과 안주 좀 장만해 줄 수 있겠나?”

"이를 말씀입니까요. 잠시만 기다려 주십시오. 소인이 곧 대령해 올립지요."

중년 사내는 한눈에 고생을 지긋지긋하게 하며 산 티가 나는 사람이었다.

매화촌의 무지렁이 성석만이라는 자다.

가뭄 든 논바닥처럼 쩍쩍 갈라진 손등이며 얼굴의 주름 하나하나마다 세월의 풍상이 조각처럼 새겨져 있었다.

가난하고 힘없어 늘 짓밟히는 삶에 익숙해져 있는 농투성이인 것이다.

그가 얼른 주방으로 달려들어 갔고, 흑풍객은 퀴퀴한 냄새 나는 청당의 어둠 속에 미동도 하지 않고 앉은 채 눈앞의 늙은 거지를 바라보았다.

꾀죄죄한 몰골이다.

짓무른 눈에는 눈곱이 더럽게 끼었고, 때가 낀 목덜미를 벅벅 긁어대고 있는 늙은 거지.

그가 십천의 천주 중 한 명이면서 개방의 전대 방주인 풍진걸개(風塵乞丐) 양위허(楊衛虛)라고 하면 누구도 믿으려 하지 않을 것이다.

하지만 그는 이 시대의 절대자 중 한 명이 틀림없었다.

세상이 몰라보지만 개의치 않는 또 한 명의 초인인 것이다.

자유분방하고 제멋대로라는 점에서 흑풍객 장하륜과 풍진걸개 양위허는 서로 통하는 면이 있었다.

흑풍객이 잔뜩 낯을 찌푸린 채 외면하고 있는 건 냄새 때문이었다.

  가뜩이나 퀴퀴한 냄새가 배어 있는 낡고 어두컴컴한 농가 안 아니던가.

  그런데 풍진걸개가 들어오고 나서부터는 거기에 쉰 냄새와 지린내까지 더해져 숨을 쉰다는 것 자체가 거북하기 짝이 없었다.

  "밖으로 나갑시다. 거기 햇빛이 좋소."

  더 견딜 수 없게 된 흑풍객이 벌떡 일어났다. 성큼성큼 밖으로 걸어나간다.

  "왜? 난 여기가 아늑하고 좋은데."

  투덜거린 풍진걸개가 흑풍객의 뒤통수를 째려보았다.

  "까칠한 저놈의 성격은 조금도 나아지지 않았구먼. 제기랄 놈 같으니. 한여름에도 저놈 곁에 있으면 시원하다 못해 으슬으슬 추워질 거야. 염병할 놈."

  구시렁거리면서도 풍진걸개는 흑풍객을 따라 집 밖으로 나가고 있었다.

  가지를 넓게 펼친 커다란 매화나무 아래 낡은 탁자 앞. 곧 부러질 듯이 삐거덕거리는 의자에 앉아서 흑풍객은 여전히 머리를 외로 꼬고 있었다.

  잠시 후 주인 사내 성석만이 삶은 닭과 계란 몇 개, 그리고 몇 가지 나물볶음을 귀 떨어진 쟁반에 담아 나왔다.

  이 가난한 촌 농부의 집에서 그만하면 분에 넘치도록 손님

대접을 하는 것이다.

항아리째 내온 술은 향기가 좋았다.

"삼 년 묵힌 매화주입지요. 아직 맛이 덜 우러났을 테지만 용서해 줍시오. 소인의 집에 있는 거라곤 이것뿐이라 황송하고 부끄럽습니다요."

성석만이 허리를 굽실거리며 말했다. 진심으로 미안해하고 부끄러워하는 기색이었다.

흑풍객이 되었다는 뜻으로 한 번 머리만 끄덕였고, 술과 삶은 닭을 본 풍진걸개의 입은 귀밑에 걸렸다.

"히히, 네놈 덕에 호강하는구나, 호강해."

서슴없이 닭다리 한 짝을 죽 찢더니 후후 불어가면서 뜯어먹는다. 흑풍객에게는 먹어보라는 말 한마디 없었다.

먹으라고 권해도 흑풍객은 고개만 내둘렀을 것이다.

아무리 배가 고파도 먹을 마음이 들 리가 없었다. 이미 풍진걸개의 시커먼 손이 닿았으니 그렇다.

한 잔의 술을 따라 맛을 본 흑풍객이 만족한 듯 희미한 미소를 지었다.

안주에는 손도 대지 않고 거푸 두 잔을 더 따라 마신 다음에야 잔을 내려놓는다.

"다 마신 게냐?"

그때를 기다렸다는 듯 풍진걸개가 냉큼 술항아리를 빼앗아 갔다.

잔에 따를 것도 없이 그대로 꿀꺽꿀꺽 마셔대더니 기름이 온통 묻은 제 손가락을 쪽쪽 빨며 히히, 웃었다.

"좋구나. 이건 검남춘에 못지않아. 독하고 향기로운 게 딱 내 취향이다."

흑풍객이 잔뜩 못마땅한 얼굴로 째려보든 말든 상관하지 않고 다시 마셔댄다.

목울대가 크게 오르내리며 도랑물 흘러가는 소리가 나더니 금방 한 항아리의 술이 비어버렸다.

"커어, 좋다. 좋아."

다시 닭을 찢어 으적으적 씹어대던 풍진걸개가 비로소 흑풍객을 발견했다는 듯 의아한 얼굴로 바라보았다.

"너는 왜 여기 있는 거냐?"

흑풍객이 어이없어하지만 아랑곳없이 고개를 갸웃거린다.

"예나 지금이나 그저 놀기만 좋아하는 놈치고 크게 되는 놈을 내가 못 봤느니라. 에잉, 쯧쯧―"

못마땅하다는 듯 흘겨보며 혀를 차는 늙은 거지를 일일이 상대할 필요는 없다.

하지만 그의 빈정거림을 듣고 있으면 은근히 부아가 치미는 건 예나 지금이나 달라지지 않았다.

흑풍객이 눈살을 잔뜩 찌푸리고 말했다.

"이제는 늙어서 노망이 든 거요? 아니면 육탈할 때가 가까워져서 헛소리를 하시나?"

풍진걸개는 이미 팔십을 목전에 둔 노인이었다. 그런 말을 들을 만도 한 것이다.

늙은 거지가 뜯고 있던 닭다리를 내려놓고 땅이 꺼질 듯이 한숨을 쉬었다.

"이놈아, 위진평 그 멍청한 녀석이 사라져서 지금쯤은 뒈졌는지 살았는지도 모르는데 한가하게 이런 데서 세월이나 보내고 있어도 괜찮은 거냐?"

"알고 계셨구려?"

"흘흘, 이 천하가 아무리 넓다고 해도 내 손바닥 안에 있느니라. 커흠. 알 건 죄다 알고 있지. 모를 건 아무래도 모르지만 말이다. 커흠."

흑풍객이 탐색하는 눈길로 바라보며 넌지시 떠보았다.

"애써 나를 찾아온 게 고작 그 말을 해주기 위해서였소?"

"너를 찾느라고 애쓸 것까지는 없었지. 네가 어디에서 무엇을 하든지 내가 마음만 먹으면 사흘 안에 찾아낼 수 있느니라. 커흠."

"흥, 그렇게 신통방통한 능력이 있는 줄 몰랐구려. 그렇다면 풍사곡주도 쉽게 찾아낼 수 있을 테니 소제는 이제 양 선배만 믿고 두 발 쭉 뻗고 자겠소이다."

"너는 언제 풍사곡으로 갈 작정이냐?"

풍진걸개가 짐짓 흑풍객의 말을 듣지 못한 듯 음흉을 떨며 엉뚱한 걸 물었다.

흑풍객이 혀를 찼다.

"풍사곡으로 가다니? 이미 위 형도 사라지고 없는 그곳에 내가 왜 간단 말이오?"

"히히, 내숭 떨지 마라. 위진평을 찾으러 갈 거잖아."

"내가 언제 다른 사람의 일에 나서는 걸 본 적 있소? 위 형의 일은 위 형 스스로 잘 알아서 하겠지."

"흘흘, 귀신은 속여도 나는 속일 수 없느니라. 내가 괜히 이 지독하게 궁벽한 촌구석까지 헐레벌떡 찾아온 줄 아느냐?"

의미심장한 눈으로 지그시 바라보더니 지저분한 손을 활짝 펴서 흑풍객의 눈앞에 흔들었다.

"나하고 내기를 하련? 네가 풍사곡으로 간다는 데에 이만큼을 걸겠다."

"오천 냥?"

"미쳤느냐? 동전 다섯 문."

"쳇."

차갑고 냉랭한 표정을 짓고 있었지만 흑풍객의 입가에는 어쩔 수 없이 희미한 웃음이 삐죽삐죽 배어 나오고 있었다.

"어째서 내가 그럴 것이라고 확신하는 거요?"

"위서향 고 앙큼한 것을 데리고 있잖아. 그것이 좀 졸라대겠어? 네가 겉으로는 얼음귀신 같지만 아리따운 여자의 말이라면 그저 썩은 호박처럼 흐물흐물해지는 호색한 놈이라는 걸 나는 다 안다."

"뭐라고 하는 거요?"

흑풍객이 벌컥 화를 냈지만 풍진걸개는 여전히 느물거리기만 했다.

"안 그러면 왜 여기서 죽치고 있는 거냐? 식은 밥 한 그릇 얻어먹는 것도 미안할 지경인 이 가난한 집에 말이다. 그것도 다 이 집 주인장의 여식이라는 그 아리따운 아가씨 때문이 아니냐? 흘흘― 이런 색마 같은 놈이라니. 흘흘―”

“흥.”

흑풍객이 코웃음을 쳤다.

‘이 늙은 거지는 귀신의 뺨을 치고도 남을 물건이야. 정말 대단한걸.’

속으로는 감탄하지만 얼굴은 여전히 냉막 무심하기만 했다.

백도십천 중 나이의 고하를 떠나서 흑풍객과 풍진걸개는 배짱이 가장 잘 맞는 사람들이었다.

함께 있으면 풍진걸개가 늘 비아냥거리고 부아를 돋게 하는 터라 짜증이 나기도 했다. 그럼에도 불구하고 흑풍객은 백도십천 중 이 늙은 거지를 가장 좋아하고 있었다.

여전히 쌀쌀맞게 굴지만 그래도 이처럼 꼬박꼬박 말대꾸를 해주는 것만 봐도 짐작할 수 있는 일이다.

“그런데 작은 계집애는 언제 오는 거냐? 그래, 지난 일 년 동안 오동통해지게 잘 키웠느냐?”

풍진걸개가 위서향을 찾기라도 하는 듯 주위를 두리번거리며 입맛을 다셨다.

“날이 밝기 전에 돌아올 테니 진득하게 기다리시구려. 그런데 양 선배의 진짜 목적이 뭐요?”

“말했잖느냐, 위진평이를 찾아보려는 것이라고.”

“흥, 개가 웃을 소리지. 다른 사람이 그런다면 믿겠지만 양 선배가 그런다면 우선 나부터 믿지 않겠소. 누구보다 위 형을 못마땅하게 여기는 사람이 바로 양 선배 아니었소?"

흑풍객의 비웃음에 풍진걸개의 표정이 갑자기 심각해졌다.

두리번거리더니 몸을 기울이고 한껏 음성마저 낮추어 묻는다.

"내가 위진평 그 음흉한 놈을 별로 좋아하지 않는다는 걸 모두 알고 있는 거냐? 정말 그래? 어허, 이런 낭패가 있나."

마치 지극히 크고 중요한 일이라는 듯 심각하게 너스레를 떠는 것이어서 흑풍객은 실소(失笑)할 수밖에 없었다.

"실은 부탁을 받았느니라."

"부탁이라니? 아니, 양 선배가 그런 것도 다 받소?"

흑풍객이 비웃지만 풍진걸개의 얼굴은 더욱 심각해지기만 했다.

이제는 귓속말을 하는 듯이 속삭인다.

"내 말을 듣고 네가 놀라서 나자빠진다는 데에 동전 다섯 문을 또 걸겠다."

이러다가 또 내가 놀림을 당하는 게지, 하는 생각으로 흑풍객은 마음의 준비를 단단히 했다.

무언가 심각한 말을 할 듯이 하다가 영 엉뚱한 소리를 불쑥 내뱉고는 "이놈아, 또 속았지?" 하며 박장대소하던 게 어디 한두 번인가.

이번에는 당신이 어떤 수작을 부려도 결코 넘어가지 않겠다는 듯 흑풍객이 여유있는 미소마저 지으며 빤히 바라보았다.

그 얼굴에 더운 숨이 훅, 와 닿았다.

"실은 말이다, 무량자 이릉운의 부탁을 받았거든."

"어헉!"

그렇게 다짐을 했건만 과연 흑풍객은 그 한마디에 뒤로 넘어질 듯 크게 놀라 얼굴색마저 변했다.

"뭐라고 하셨소? 분명 무량자 이릉운이라고 했소?"

"쉿, 소리지르지 마라, 이놈아."

풍진걸개가 화들짝 놀라며 사방을 마구 두리번거렸다.

흑풍객은 놀란 가슴을 진정시킬 새도 없었다.

이번에는 그가 한껏 목소리를 낮추어 다시 물었다.

"정말 화산의 무량자 이릉운에게서 부탁을 받은 거요? 아니, 그는 대체 어디 있소? 정말 만나보기는 한 거요?"

"이놈이?"

풍진걸개가 잔뜩 못마땅하다는 듯 눈을 흘겼다.

"믿지 못하겠으면 그만둬라."

"아니, 아니. 그게 아니올시다. 너무 갑작스런 말이라 놀랐을 뿐이오."

무량자 이릉운은 절대천마 풍약헌과의 일전 이후 세상에서 모습을 감춘 채 여태까지 한 번도 나타난 적이 없었다.

그러다가 얼마 전에 제자라는 단운도를 풍사곡으로 보내지 않았던가.

그 일로 백도십천은 이릉운이 아직 살아 있다는 걸 알 수 있었지만 여전히 그의 행방은 오리무중이었다.

그에게 대체 무슨 사정이 있는 건지, 그가 단운도라는 소년을 왜 제자로 삼았던 건지 궁금하기 짝이 없지만 지금으로서는 아무것도 밝혀낼 수 없었다.

단운도가 정말 마교와 관련된 놈이라는 걸 모르고 그랬던 건지, 아니면 다른 이유가 있는 건지도 백도십천 모두가 크게 궁금해하면서 의심하고 있는 일이다.

그러나 이릉운이 대체 어디에 숨어 있는지 알지 못했으므로 그 의문 또한 시원하게 풀 수가 없었다.

그런데 풍진걸개가 그런 이릉운을 만났고, 그로부터 부탁까지 받았다니 놀라지 않을 수 없다.

흑풍객이 번쩍이는 눈으로 풍진걸개를 노려보며 물었다.

"그 부탁이 뭐요?"

"응, 별거 아니야. 제자가 한 놈 있는데 그놈도 사라졌다더군."

단운도를 말하는 것이다.

그가 마교의 무리와 동행하고 있다는 걸 말해주어야 할지 말아야 할지…….

흑풍객은 잠깐 망설였으나 이내 그럴 필요 없다고 생각했다.

그것도 모르고 찾아왔을 풍진걸개가 아닐 것이기 때문이다.

숨어 있는 이릉운이 단운도가 사라졌다는 사실을 어떻게 알았는지도 궁금한 터라 흑풍객은 풍진걸개의 말을 더 듣기로 했다.

풍진걸개가 거드름을 피우며 느긋하게 말했다.

"할 수 있으면 좀 찾아달라고 하지 뭐냐? 평소 안면도 있던 터에다가 마침 심심해 죽을 지경이던 참이라 더 생각하고 말고 할 것 없이 그러마고 했지 뭐."

"허어—"

흑풍객은 기가 막혔다.

'이거 아무래도 내가 또 속은 게지.'

그런 의심이 들면서, 그래도 혹시나 하는 생각을 버릴 수 없었다.

"결국 단운도라는 놈을 찾기 위해 온 것이구려. 그런데 하필 나를 찾아왔단 말이오?"

"너를 찾아야 위서향을 찾을 수 있고, 위서향을 찾아야 그놈을 찾을 수 있을 테니까."

"어째서 그렇게 생각하시오?"

"흘흘, 나를 속일 생각은 하지 말라고 했지? 다 아느니라."

"뭘 말씀이오?"

"위서향 고 앙큼한 것이 단운도라는 녀석과 그렇고 그런 사이라면서? 너도 알고 나도 알고 세상이 다 아는 사실 아니더냐?"

음흉하게 바라보던 풍진걸개가 불쑥 말했다.

"그런데 애는 언제 낳을 거래?"

"어허—"

풍진걸개의 경박스런 말에 흑풍객이 못마땅한 표정을 지었으나 늙은 거지는 아랑곳하지 않았다.

"그러니 위서향 고것의 꽁무니에만 찰싹 달라붙어 있으면 어디 처박혀 있는지도 모르는 그 녀석을 애써 찾아다닐 필요가 없단 말씀이다. 언젠가는 제 발로 위서향을 찾아 달려올 테니까 말이다. 안 그러냐?"

"정말 그렇다고 생각하시는 거요?"

"흘흘, 아니면 위서향 그것이 단운도라는 놈이 있는 곳으로 찾아가겠지. 남자와 여자 간의 일이라는 게 다 그런 거야. 천리 만 리 떨어져 있어도 느낌과 냄새로 서로를 끌어당기게 마련이거든. 커흠."

너는 그런 간단한 것도 생각할 줄 모르느냐고 책망하듯이 빤히 바라본다.

흑풍객은 더욱 기가 막혔다.

"그럼 굳이 풍사곡에 갈 필요가 없을 텐데?"

"에휴, 정말 이게 안 돌아가는 놈이구나. 그렇게 이해하기가 힘드냐? 쯧쯧―"

그런 대가리로 세상을 어떻게 사는지 참 용하다는 듯이 측은한 눈길로 바라보더니 음성을 착 깔고 말했다.

"잘 들어봐라. 커흠. 위서향이가 풍사곡에서 대체 무슨 일이 있었는지 밝혀달라고 졸랐을 테지?"

"그렇소."

"너는 절대로 그 부탁을 뿌리칠 수 없었겠지?"

"……."

"그러니까 너는 언젠가는 위서향과 함께 풍사곡으로 갈 테고, 나는 어떻게 하든 그 고얀 년의 꽁무니에 붙어 있을 수밖에 없으니 나 또한 거기까지 갈 수밖에 없는 거지. 이제 좀 알겠느냐?"

"그럼 양 선배는 단지 그 이유 때문에 풍사곡에 가려는 것이었소? 위진평의 일 때문이 아니고?"

"그거야 시키지 않아도 네놈이 알아서 잘할 텐데 뭐 하러 나까지 나서? 그런 걸 두고 인재의 낭비라고 하는 거니라. 좀 알고 살아라. 커흠."

"휴우—"

흑풍객 장하륜이 땅이 꺼질 듯이 한숨을 내쉬었다.

이 입만 살아 있는 늙은 거지와 동행할 생각을 하니 벌써 머리가 지끈지끈 아파왔던 것이다.

第六章
변하는 사람들

마룡의
후예

싸늘한 검광이 또 한 차례 허공을 가르고 지나갔다.

"이년!"

가까스로 그것을 피한 중년 장한의 입에서 노성이 터져 나왔다.

"흥!"

돌아온 건 코웃음과 부드럽게 휘어져 허공을 다시 베어오는 검인(劍刃)일 뿐이다.

언뜻 중년 장한 당한성(唐瀚星)의 눈에 두려움이 떠올랐다.

강호에서 지난 이십여 년이라는 험한 세월을 무사히 살아나온 그였다.

강동의 견양검객(牽陽劍客)이라는 외호를 아는 자들은 누구나 그를 일류검객으로 꼽아준다.

그러나 벌써 네 명의 수하 검수를 잃은 지금 견양검객 당한성은 상대를 더 이상 여자라고 무시할 수 없었다.

아니, 그 어떤 적과 맞서 싸울 때보다 살 떨리는 두려움을 느낀다.

그건 상대의 검이 허공을 휘젓고 지나갈 때마다 느껴지는 단단하고 차가우며 엄숙한 기운 때문이었다.

검법이 가지고 있는 기운이면서 그것을 펼치고 있는 아가씨의 화후에서 절로 우러나는 그런 기운이다.

대뜸 화홍루에 뛰어들어 시비를 걸어온 아가씨는 조금 전 건너편 찻집에 앉아 있던 죽립의 여인이었다.

흑풍객의 명을 받고 떠나온 위서향이다.

당한성은 아직 그녀가 누구인지 알지 못했다.

다만 신랄하기 짝이 없는 검법을 지닌데다가 손속마저 사납고 날카로운 여자라는 걸 알 뿐이다.

펼치는 검법이 대범하고 당당한 것이 명가의 풍모가 배어 있는 것이기도 했다.

그래서 당한성은 그녀가 명가에서 절세적인 검법의 정수를 배운 아가씨일 것이라고 짐작했다.

'그런데 왜?

그런 아가씨가 왜 이처럼 막무가내로 검을 휘둘러 대는 건가? 하는 의문이 머릿속에 맴돌았다.

"흥, 제법이군."

위서향의 입에서 비웃음지 감탄인지 구별할 수 없는 일성이 낮게 흘러나왔지만 당한성에게는 그것에 대꾸할 여력도 없었다.

"으얍!"

그가 목청껏 기합성을 터뜨리며 보검을 맹렬하게 휘둘러 순식간에 일곱 번이나 베고 찔렀으며 후려쳤다.

늘 자랑으로 여기는 오운칠격(五韻七擊)의 맹렬한 검초였다.

위서향이 당한성의 그 오운칠격을 받아치며 낭랑하게 외쳤다.

"좋구나, 아까운 검법이다!"

쨍, 쨍 하는 쇳소리가 거의 동시에 일곱 번이나 터져 나왔고, 어지럽게 튕기는 불꽃이 사방에서 번쩍였다.

위서향의 검은 싸움이 계속될수록 매서워지고 있었다.

처음에는 망설이고 꺼려하는 듯해서 당한성과 그의 수하 무사들은 그런 위서향을 비웃었다.

제 주제도 모르고 정의감만 앞세워 천둥벌거숭이처럼 뛰어든 철없는 아가씨로 여겼던 것이다.

그런데 싸움이 시작되기 무섭게 두 명의 수하가 그녀의 검에 찔리고 베어 피를 흘리며 쓰러졌다.

비록 죽지는 않았지만 빨리 치료해 주지 않으면 위태로울 만큼 깊은 상처를 입었던 것이다.

그제야 화가 나는 한편 위서향이 만만한 아가씨가 아니라는 걸 안 두 명의 수하가 다시 달려들었다.

이제 그들은 복수심에 사로잡혀서 반드시 위서향을 죽여 버리고 말겠다는 악독한 마음을 먹었다.

당연히 그녀를 공격하는 검법에 인정사정이 실릴 리 없었다.

당한성은 그때 위서향의 눈빛이 더욱 싸늘해지는 걸 보고 '이건 아니구나' 하는 불길한 생각을 떠올렸다.

그래서 수하들에게 주의를 주려고 벌떡 일어선 순간 번쩍이는 검광에 아찔한 어지러움을 느끼고 멍해졌다.

그리고 두 마디의 처절한 비명 소리가 화홍루 안에 울려 퍼졌다.

당한성이 정신을 차리고 보니 그녀가 어떤 수법을 어떻게 썼던 건지, 두 명의 수하가 어느새 쓰러져 콸콸 피를 흘려대고 있지 않은가.

즉사였다.

당한성이 그 즉시 노성을 터뜨리며 검을 뽑아 들고 몸을 날렸다.

그러나 분기탱천하여 달려든 그는 지금 제 몸을 가누기 힘들 만큼의 위기에 몰려 쩔쩔매고 있었다.

쩽!

날카로운 쇳소리가 울리더니 윙윙거리며 우는 검명이 주청에 가득 찼다.

당한성의 보검은 그의 손을 떠나 허공을 날고 있었다.

텅―

그것이 들보에 깊이 박혀 부르르 떤다.

당한성은 믿을 수 없었다.

불과 대여섯 초 만에 자신이 이렇게 당했다는 걸 누가 믿을 것인가. 그것도 생전 처음 보는 어린 아가씨에게 말이다.

그가 제 목젖을 지그시 누르고 있는 싸늘한 검을 내려다보고 천천히 시선을 들어 눈앞의 위서향을 멍하니 바라보았다.

"대체 아가씨는 누구요? 우리와 무슨 원한이 있기에 이런 악독한 짓을 한 거요?"

"흥, 악독한 짓을 한 자가 누구인지 너는 정말 모른단 말이냐?"

"나는 다만 왕 대인의 명령을 받았을 뿐이오.'

"그 왕 돼지가 하는 짓이 정당하다고 생각하는 거냐?"

"그건……."

당한성이 말을 잇지 못하고 우물쭈물했다.

그의 판단으로도 왕사척의 행패는 지나친 감이 있었다.

하루 세 끼 먹을 걸 걱정하며 살아가는 가난한 소작농을 협박하여 그의 하나뿐인 딸을 강탈해 오는 게 어디 정당한 일인가.

그 앞잡이 노릇을 하고 있는 자기의 행위 역시 변명할 여지가 없다.

당한성은 삼 년 전에 왕사척에게 고용되었다.

이제는 강호에서의 삶도 지겨워졌고, 그래서 편히 몸을 의탁하고 있을 곳을 찾던 중에 왕사척의 초빙을 받았던 것이다.

일 년에 오백 냥이라는 거금을 받기로 했으니 더 바랄 게 없다.

그래서 당한성은 강호에서의 삶을 접고 왕가장의 무사장으로서 자리를 잡았다.

수하에 고수라고 불리기에 아깝지 않은 이십여 명의 무사들을 거느리고 있으니 제법 거들먹거릴 수도 있는 자리였다.

비적 떼들이 감히 왕가장의 영역에 발을 들이지 못하는 게 바로 그런 이유였다.

일대에서는 당한성과 그가 거느리고 있는 호장 무사들을 당할 만한 자가 없었던 것이다.

그 덕에 왕가장은 태평할 수 있었고, 더 많은 소출을 거두어 들일 수 있었으니 왕사척과 당한상은 악어와 악어새 같은 사이가 아닐 수 없었다.

그 당한성이 오늘 이름도 모르는 여협에게 호되게 당했다.

그는 이제 저의 무사로서의 생명이 끝났다는 걸 알았다.

검을 꺾고 낙향하여 농사를 짓거나, 시골 마을에 작은 무관이라도 하나 열어서 아이들에게 무술을 가르치며 여생을 보내야 할 것이다.

지난 삼 년 동안 모은 돈이라면 어디에 가든 부족함없이 살 수 있을 것이다.

당한성이 한숨과 함께 뒤로 물러섰다.

"졌소."

　그동안 지켜왔던 고수로서의 자존심을 내버리는 한마디였다.
　무인으로서의 제 생명이 끝났다는 걸 세상에 알리는 한마디이기도 하다.
　"가서 전해."
　위서향이 매섭게 노려보며 비로소 검을 거두었다.
　"또 이런 짓을 한다면 그때는 내가 몸소 왕가장으로 찾아갈 것이라고. 그리고 반드시 왕 돼지 그 염치없는 늙은 것의 숨통을 끊어놓아 버릴 것이라고 말이다."
　"그렇게 전하리다."
　"이미 갖게 된 것을 빼앗지는 않겠다. 그것만으로도 충분히 감사하면서 얌전히 지내면 천수를 누릴 수 있을 것이라는 말도 전해. 더 추잡한 욕심을 내면…… 흥!"
　위서향이 매섭게 코웃음을 치고 돌아섰다.
　당한성은 체념하지 않을 수 없었다.

　이 은혜를 어찌 갚아야 할지 모르겠다며 엎드려 마른땅을 감사와 감격의 눈물로 적시는 초라한 사내.
　성석만의 그런 모습에 흑풍객은 처음과 마찬가지로 무감정한 얼굴이었지만 위서향은 그럴 수 없었다.
　그녀가 애써 겸양하며 부축해 일으키자 이번에는 성수련이 아버지와 부둥켜안고 기쁨의 눈물을 흘렸다.
　그걸 보고서 위서향마저 기어이 눈자위를 붉히고 말았을 만큼 부녀의 재회는 애틋했다.

"이곳을 떠나 어디 먼 곳으로 가서 다시 시작하게."

말없이 지켜보던 흑풍객이 품에서 전낭 한 개를 꺼내 성석만의 발아래 던져주었다.

쩔그렁, 하는 묵직한 소리가 나는 것이 못해도 일백여 냥은 들어 있는 전낭일 것이다.

그 정도의 돈이라면 성석만은 다른 곳에 두 부녀가 먹고살기에 충분한 전답과 집을 마련하여 정착할 수 있을 것이다.

소작농이라는 사슬에서 풀려나 자유롭게 되는 것이다.

성석만과 그의 하나뿐인 딸 성수련에게는 흑풍객과 위서향이 자신들을 돕기 위해 하늘에서 내려온 보살들이나 다름없었다.

그들이 떠났다.

아버지와 딸은 보살들의 모습이 보이지 않게 될 때까지 수없이 손을 모으고 절하며 그들의 무운을 빌었고, 위서향은 그런 두 부녀를 돌아보고 또 돌아보며 떠나갔다.

흑풍객과 풍진걸개는 무슨 일이 있었느냐는 듯이 투덕투덕 다투어가며 벌써 저만큼 앞서 멀어지고 있는 중이었다.

"쯧쯧, 너는 아직 멀었다."

개울가에 앉아 쉬고 있을 때에 흑풍객이 불쑥 그렇게 말했으므로 위서향은 어리둥절해질 수밖에 없었다.

"예? 무슨 말씀인지요?"

"내가 바랐던 건 기껏 수련이라는 계집애간 데리고 터덜터덜 돌아오는 게 아니었다."

"그럼……."

"도와주기로 작정했으면 다시는 그런 일이 생기지 않도록 처음부터 끝까지 철저하게 도와주어야 하는 것이다."

"……."

"너는 그 왕 돼지 놈의 목을 쳐버리고, 호장 무사라는 놈들도 모조리 죽였어야 했다. 그렇게 했더라면 내가 이렇게 빈털터리가 되었을 일도 없었겠지."

품에 지니고 있던 전낭을 통째로 주고 왔으니 그는 이제 알거지나 다름없는 신세가 된 것이다.

하지만 위서향은 흑풍객이 그걸 원망하는 게 아님을 잘 알고 있었다.

후환을 남겨둔 것을 꾸짖는 말이다.

위서향의 볼이 불만으로 부풀어올랐다.

'하지만 어떻게 그런 무참한 짓을 할 수 있간 말인가.'

화홍루에서 호장 무사 두 명에게 중상을 입히고 두 명을 죽여 버린 것마저도 그녀에게는 끔찍한 일이었다.

비록 독한 마음을 먹고 달려들었지간 검으로 사람을 찌르고 베어본 건 그때가 처음이었던 것이다.

"그래도 처음치고 그만하면 잘했지 뭘 그래? 너는 이 예쁜 아가씨를 너처럼 무지막지한 냉혈귀로 만들어놓아야 직성이 풀리겠느냐?"

풍진걸개가 흑풍객을 나무라며 위서향을 편들어주었다.

*　　　*　　　*

때는 벌써 구월로 접어들어 자고 나면 산비탈마다 단풍빛이 날로 짙어져 가고 있었다.

저 아래는 아직 무더운 여름의 끝자락이 펼쳐져 있겠지만 사방이 산으로 가로막힌 이 높은 고지대는 벌써 가을이었다.

건조한 날씨에 나뭇잎들이 어제 아침과 오늘 아침이 사뭇 다르게 퍼석거렸다.

쓸쓸하고 적막한 감정이 절로 우러나 글줄깨나 읽은 자라면 누구나 시인 흉내를 낼 것 같은 그런 날이 되어가고 있었던 것이다.

고개를 들면 어디를 보나 맑고 푸른 하늘이었다.

거기 흰 구름 몇 점이 한가롭게 떠 있고, 귓전에 스치는 바람이 서늘하다.

그 바람이 잠시 머무는 곳.

높은 산봉우리가 울창한 잣나무 가지 사이로 언뜻언뜻 보이는 검은 숲속에 몇 명의 시커먼 자들이 웅크리고 있었다.

자세히 보지 않으면 사람인지 짐승인지조차 구분할 수 없을 만큼 험한 몰골을 한 소년들이었다.

그중 나이 들어 보이는 자가 벌떡 몸을 일으켰다.

표사군이었다.

"그들에게 발각되든 말든 나는 그냥 가겠다. 언제까지나 이렇게 숨어 있기만 할 수 없어."

운도가 낯을 찌푸리고 따라 일어서며 말했다.

"개죽음을 당하겠다는 거냐?"

"홍, 죽는 게 내가 될지 그들이 될지는 두고 봐야 알지."

표사군의 손에는 날이 번쩍이는 칼 한 자루가 들려 있었다.

운도 역시 마찬가지여서 그는 몽둥이 대신 청강장도(淸鋼長刀) 한 자루를 쥐고 있었다.

이곳까지 오는 동안 지옥곡을 관장하는 흑의무사들을 죽이고 빼앗은 것이다.

표사군과 운도를 따라 기어이 지옥곡 밖으로 뛰쳐나온 자들은 모두 열다섯 명이었는데 지금은 고작 여섯 명만 남아 있었다.

여기까지 도망쳐 오는 동안 아홉 명이나 죽은 것이다.

"그렇다면 이제 말해봐."

더 이상 표사군을 말릴 수 없다고 생각한 운도가 물었다.

"뭘?"

"처음부터 내가 궁금해하던 것 말이다. 너는 왜 지옥에 들어왔지?"

"천마비동을 얻기 위해서였다."

"홍, 거짓말."

"……."

"그런 놈이 목숨을 걸고 탈출하려고 했을 리가 없지 않느냐? 다른 이유가 있지?"

"너는?"

표사군이 운도를 노려보며 사납게 소리쳤다.

"너에게도 다른 이유가 있는 것 아니냐? 너 또한 천마비동 때문에 이곳에 온 게 아니라고 네 입으로 말하지 않았느냐?"

운도가 심각해진 얼굴을 끄덕였다.

표사군이 번쩍이는 눈으로 노려보며 말했다.

"그렇다면 너부터 털어놔 봐."

"나는 내 신세 내력을 알고 싶었기 때문이다. 천마비동 따위가 있다는 말은 저 빌어먹을 곳에 들어가고 나서 처음 들었다."

"흥, 그따위 어설픈 말을 내가 믿을 줄 아는 거냐?"

누가 들어도 운도의 말은 이해할 수 없는 것이었다.

고작 그런 이유 때문에 제 목숨을 내던질 바보가 세상천지 어디에 있단 말인가.

그러나 운도에게는 지금 그것보다 더 절실한 이유가 없었다. 그걸 이해해 줄 수 있는 사람은 여기 없다.

코웃음과 함께 운도를 흘겨본 표사군이 저를 따라 이곳까지 생사의 험경을 넘어온 자들을 돌아보았다.

"다들 흩어져라. 각자의 삶을 도모해."

"두령, 우리더러 어디로 가란 말이오?"

"이제 우리를 버리겠다는 거요?"

"함께 행동하는 게 조금이라도 유리하지 않겠소?"

소년들이 즉각 불안한 기색으로 떠들어댔다.

운도가 표사군 대신 그들에게 말했다.

"아니, 지금은 표사군의 말이 맞다. 여기서는 뿔뿔이 흩어져 달아나는 게 생존 확률을 높여줄 거야."

지옥곡을 빠져나오는 길은 외길이었다.

각자 행동한다면 하나씩 붙잡혀 죽을 수밖에 없었다. 그러나 지금부터는 탁 트인 공간이었다.

수많은 산봉우리들이 있고, 그보다 더 많은 골짜기가 있으며 숲이 있는 것이다.

아무리 지옥곡을 관장하고 있는 자들이 많다고 해도 이 넓고 깊은 산을 다 감쌀 수는 없을 것이다.

결국 달아나는 자의 흔적을 밟아 쫓아올 뿐인데, 뿔뿔이 흩어져 버린다면 그만큼 그들의 추적에서 벗어날 확률이 높지 않겠는가.

"다시 만나게 될 것이다."

표사군은 반드시 그렇게 될 것을 믿는다는 확신에 차 있었다.

그가 처음으로 운도의 손을 잡았다.

의외로 따뜻한 손이었다.

"살아남아라. 그래서 다시 만나 오늘 일을 이야기해야지."

평소의 그답지 않게 말투에 감상마저 섞여 있는 것이어서 운도는 어리둥절해졌다.

그가 원래 심성이 차갑고 비정한 자가 아니라는 걸 느낄 수 있었던 것이다.

"어디로 갈 거냐?"

운도의 물음에 표사군이 히죽 웃었다.

"사부님에게로 돌아간다."

"네 사부가 누구지?"

그는 아마도 대단한 사람일 것이라고 짐작했다. 그렇지 않고서야 어찌 표사군 같은 자를 키워냈을 것인가.

운도를 지그시 바라보던 표사군이 던지듯 한마디를 툭, 내뱉었다.

"흑풍객."

"뭐라고?"

운도의 눈이 휘둥그레졌다.

"흑풍객이라니? 그분은 제자를 두지 않았다고 온 세상이 다 알고 있는데 그렇지 않았단 말이냐?"

"그렇게만 알아둬라. 그리고 비밀을 지켜."

운도는 머릿속이 혼란해졌다.

흑풍객 장하륜의 차갑고 무표정하던 얼굴이 떠올랐다.

그에 대한 인상이 강렬하기에 결코 잊을 수 없는 사람 아니던가.

그가 위서향을 데리고 있다는 데에까지 생각이 미치자 그녀가 보고 싶어 가슴이 아파오기도 했다.

그 흑풍객은 일정한 거처가 없는 사람이라고 알고 있었다.

천하를 구름처럼 물처럼 유유히 떠도는 자유인인 것이다.

그에게 제자가 있었다면 늘 곁에 붙어 다녀야 할 것이다.

그렇지 않고서야 어찌 무공을 배울 수 있었겠는가.

또 그렇게 늘 붙어 다녔다면 세상 사람들이 모르고 있을 리가 없지 않은가.

그런데 운도가 만나본 흑풍객은 혼자였고, 세상에서 알고 있는 흑풍객의 모습 또한 언제나 그랬다.

대체 언제 어디에서 표사군을 가르쳤단 말인가.

운도가 고개를 세차게 흔들었다.

알 수 없는 일이고 믿기 힘든 말이지만 또 믿지 않을 수도 없지 않은가.

이 상황에서 표사군이 거짓말을 할 리가 없었기 때문이다.

거짓말이었다고 해도 하필 흑풍객을 들먹일 이유가 없기도 하다.

표사군이 역시 목적이 있어서 지옥곡에 들어온 자였다면 흑풍객으로부터 무언가 명령을 받았기 때문이라는 생각이 강하게 든다.

그것을 완수했기에 그는 지옥곡을 빠져나가려고 했던 것이리라.

"살아난다면 언제든 소림사로 찾아와라. 반갑게 맞아주지."

표사군이 운도의 손을 꾹 잡아주며 말했다

"소림사라고?"

운도는 더욱 어리둥절해질 수밖에 없었다.

"흑풍객의 제자라면서?"

그 말에 대답없이 씩 웃어준 표사군이 미련없이 돌아섰다.

성큼성큼 걸어 숲속으로 사라져 간다.

그러자 그때까지도 망설이고 있던 소년들이 더러는 울먹이면서, 더러는 이를 박박 갈고 욕을 해대면서 하나둘 흩어지기 시작했다.

그들 중 과연 몇 명이나 살아서 이곳을 완전히 벗어날 수 있을지 모른다.

하지만 끝까지 살아서 돌아간다면 이제 아무도 그들을 무시하지 못하리라.

어디에서 무엇을 하든지 그들은 세상 사람들로서는 상상할 수 없는 지독한 오기와 끈질긴 생명력으로 두각을 드러내게 될 것이다.

운도는 그들이 다시는 홍안적성의 꾐에 빠지지 않을 것이라고 믿었다.

홍안적성에서는 그들을 이용해 자신들의 목적을 이루기 위해 데려왔지만 돌이킬 수 없는 적을 만들어 돌려보낸 꼴이 된 것이다.

그건 운도 역시 마찬가지였다.

지옥곡에서의 경험으로 인해 운도는 더 이상 홍안적성에 대하여 호감을 갖지 않았다.

십대천마에 속한다는 상왕 황준보나 쾌도왕 갈포참에 대해서도 미운 생각이 들었다.

세상이 그들을 마교의 무리라고 부르고 멸시하는 데에는 역시 그만한 이유가 있기 때문이라고 생각한다.

이곳까지 오는 동안 다섯 차례의 큰 싸움이 있었다.

비록 아홉 명을 잃었으나 그들이 그 싸움에서 살아남아 여기까지 도망쳐 오게 된 건 스스로 생각해도 믿기 힘든 일이었다.

운도와 표사군의 힘이 아니었다면 안개 속의 석진을 헤치고 지옥곡 밖으로 나오기도 전에 모두 흑의인들에 의해 죽임을 당하고 말았을 것이다.

그곳에서 처음 세 명의 흑의인을 맞이했을 때 운도와 표사군은 자신들의 솜씨를 조금도 감추지 않고 발휘했다.

비록 내공의 운용에 제약을 받고 있었지만 그때 표사군이 보여준 무위는 운도로서도 혀를 내둘러야 했을 만큼 굉장한 것이었다.

그가 몽둥이를 휘둘러 한 명을 해치운 것과 동시에 운도 또한 한 명을 해치워 버렸다.

한 명이 목숨을 건져 달아났을 때 운도와 표사군은 몽둥이를 버리고 그들의 칼을 취할 수 있었다.

그때부터는 상황이 지금까지와는 비교할 수 없이 달라졌다.

몽둥이와 칼의 위력이 어찌 같을 것인가.

지옥곡을 벗어나기 무섭게 다시 십여 명의 흑의인들을 만났지만 운도도 표사군도 더 이상 두려워하지 않았다.

내공 대신 그들에게는 지난 일 년 동안 지옥곡 속에서 쌓은 힘과 독기가 있었다. 거기에 목숨을 건 싸움을 수도 없이 치르며 얻은 경험이 더해졌다.

게다가 이제는 몽둥이가 아닌 잘 벼려진 청강장도를 들지 않았는가.

그것을 휘두르는 두 사람 앞에서 흑의인들은 쩔쩔매기만 했다.

그들로서도 일대일로는 어찌해 볼 수 없을 만큼 운도와 표사군은 사납고 무서워져 있었던 것이다.

운도의 쾌도는 이제 세상의 그 무엇보다 신랄하고 빨랐으며 힘이 넘쳐 났다.

그것을 자유자재로 통제하는 운도의 그 놀라운 솜씨는 쾌도왕 본인이 보았다고 해도 혀를 내둘렀을 만큼 대단했다.

그것 한 가지만으로도 운도의 칼은 이제 세상을 깜짝 놀라게 할 만했다.

거기에 무형신보와 장법이 곁들여지니 운도는 그야말로 물을 만난 고기 같았고, 바람에 실린 구름 같았다.

표사군의 칼을 휘두르는 솜씨 또한 놀랍기 짝이 없었다.

그는 여태까지 길고 가느다란 나뭇가지를 채찍 삼아 휘둘러 왔을 뿐이었다. 그것만으로도 지옥곡에 있던 그 많은 자들을 굴복시키기에 부족함이 없었다.

그런 그가 칼을 쥐고 본격적으로 도법을 펼치자 그 중후함과 초식의 엄밀함이 흑의인들을 압도했다.

그 또한 운도처럼 그동안 자신의 실력을 반쯤은 감추고 있었던 건지도 모른다.

그런 두 사람이 합세하고, 거기에 살아남은 소년들의 악착같은 공격이 더해졌다.

그렇게 해서 운도와 표사군 등은 위험한 싸움의 고비를 벌써 일곱 차례나 넘기고 이곳까지 도망쳐 올 수 있었던 것이다.

그동안 죽인 흑의인들의 수가 그들의 손에 의해 죽임을 당한 소년들의 수와 같았으니 지옥곡의 소년들은 그야말로 세상을 놀라게 할 만한 일을 해낸 것이다.

*   *   *

"병신 같은 놈들!"

깡마른 노인, 한때는 상왕 황준보의 시종이었지만 지금은 지옥곡의 곡주가 되어 있는 추노, 흑염라 추과양의 얼굴이 노여움으로 붉어졌다.

꼬박 이틀이 지나는 동안 아직 운도와 표사군을 잡지 못했다는 게 그를 화나게 한 것이다.

그동안 억누르고 잠재워 왔던 마성이 폭발할 지경에 이르도록 추노는 화가 나 있었다.

쾅!

그가 발을 구르자 대전 바닥의 청석판이 가루가 되어 흩날렸다.

부복하고 있는 세 명의 장한이 어깨를 떨었다.

"대흑!"

추노의 노성에 흑조의 조장인 대흑이 고개를 들었다.

"경계에 실패한 책임을 묻겠다!"

추노가 일성과 함께 손을 휘둘렀다.

그러자 끼익! 하는 역겨운 쇳소리와 함께 한줄기 맹렬한 수강이 어둠을 가르고 뻗어나갔다.

퍽!

그것이 그대로 대흑의 정수리를 쪼개고 지나간다.

텁석부리의 장한, 대흑은 비명 한마디 지르지 못하고 머리가 두 쪽으로 갈라진 채 몇 번 건들거리더니 풀썩, 엎어져 버렸다.

그의 머리통에서 치이익, 하는 소리가 났다. 달군 쇠를 물속에 담갔을 때 나는 것과 같은 소리였다.

그와 함께 매캐한 냄새가 대전 안의 어둠 속에 확, 퍼져 나갔다.

머리통이 쪼개졌으면서도 피와 뇌수가 한 방울도 흘러나오지 않은 건 바로 지독한 추노의 열양장이 상처를 태워 버렸기 때문이다.

한때 세상에 흑염라 추과양이라는 이름을 공포로 심어주었던 그의 천강장이 다시 모습을 드러낸 것이다.

"흑조는 모두 뇌옥으로 들어가 벌을 기다린다!"

대흑을 죽였지만 추노의 노여움은 아직 조금도 덜해지지 않았다.

"적조와 남조가 맡는다! 더 이상의 실패는 용납하지 않겠다!"

"존명!"

부복해 있던 적조(赤組)와 남조(藍組)의 두 조장이 복명하고 바닥에 이마를 찧었다.

식은땀이 그들의 등줄기를 축축하게 적시고 있었다.

휙, 하는 가벼운 바람 소리와 함께 그들이 귀신처럼 사라지고 나자 추노가 의자에 털썩 주저앉았다.

"끄응—"

잔뜩 찌푸린 얼굴에서 뜨거운 한숨이 새나왔다.

"대체 단 공자는 무슨 생각을 하고 있단 말이냐?"

단운도의 행동이 예상 밖이라 추노는 적잖게 당황하고 있었다.

"게다가 표사군이라는 놈의 정체는 또 무엇이란 말이냐? 속셈을 감춘 놈인 줄 까맣게 모르고 있었다니!"

표사군의 무공이 자신들이 알고 있던 그것과는 비교할 수 없이 다르다는 보고를 받고 대로한 추노였다.

"이런 낭패가 있나."

부드득 이를 간다.

중원에 남아 있는 홍안적성의 후예들 중에서 엄선하고 또 엄선하여 선발한 자들인데 그 속에 엉뚱한 놈이 끼어들어 왔다는 건 도무지 이해할 수 없었다.

자신들의 정보력과 이목을 감쪽같이 속일 수 있는 능력을 가진 자라면 무림맹과 백도십천을 생각하지 않을 수 없다.

"그렇다면 그들이 벌써부터 우리의 계획을 눈치채고 있었단 말인가? 어떻게?"

추노는 표사군이 지옥곡의 비밀을 알아내기 위하여 제 발로 걸어 들어왔다고 이해할 수밖에 없었다.

그게 무림맹이 되었든, 그들과 상관없이 따로 놀고 있는 백도십천이 되었든 차이는 없다.

지금으로서는 백도에서 홍안적성의 은밀한 계획을 눈치채고 있었다는 게 중요할 뿐이다.

지옥곡의 일은 홍안적성 내에서도 장로 급의 소수만 알고 있는 비밀 중의 비밀이었다.

그걸 무림맹이나 십천이 눈치채고 있었다면 공들여 세운 모든 계획이 수포로 돌아갈 것이다.

거기에 생각이 미치자 이제는 추노의 등줄기에도 식은땀이 배어났다.

이번 일에 무림맹이나 십천의 천주 중 누가 개입한다면 실패할 수밖에 없다.

아니, 벌써 실패하고 있다.

추노가 지그시 어금니를 악물었다.

그렇다면 자신의 목숨으로 그 책임을 져야 할 것이다.

한동안 심각한 얼굴로 무엇을 생각하던 추노가 벌떡 일어섰다.

第七章
쫓는 자와 쫓기는 자

마룡의
후예

운도는 길을 찾지 못하고 있었다.

상왕 황준보가 기다리고 있겠노라고 했던 그 돌집으로 돌아가기를 원하는데 아무리 숲속을 헤매도 제가 왔던 그 길이 나오지 않았던 것이다.

추노를 따라오던 중에 정신을 잃었고, 그때부터는 길을 기억할 수 없었던 탓이기도 하다.

하지만 더 중요한 건 지옥곡에서 빠져나오자마자 숨가쁘게 추격해 왔던 흑조의 무사들에게 쫓겨 어디가 어디인지도 모르고 무작정 달아났기 때문이었다.

운도가 찾아가려는 곳은 상왕 황준보와 헤어졌던 그 돌집이었다.

황준보가 지옥의 관문이라고 했던 바로 그곳이다.

운도는 황준보가 아직 그곳에 있을 것이라고 믿었다. 제가 나오기를 기다리겠노라고 하지 않았던가.

그래서 그 방향이라고 짐작되는 곳으로 열심히 달아나고 있었지만 저도 모르는 사이에 그곳과는 무려 세 개의 산봉우리를 사이에 둔 곳에 와 있었다.

엉뚱해도 한참 엉뚱하게 방향을 잡아서 헤매고 있는 것이다.

이제 더 이상 추격해 오는 자는 없는 것 같았다.

지독하게 달라붙던 흑의무사들이 오늘 하루 동안 보이지 않았다.

몸을 숨길 바위틈을 찾아 그 입구를 칡넝쿨을 끌어다 단단히 덮어 가린 다음 운도는 비로소 휴식다운 휴식을 취할 수 있었다.

그러자 지옥에 두고 온 마풍산과 묘화가 제일 먼저 생각났다.

"잘 살겠지."

제 처지를 잊고 피식 웃음을 흘린다.

이제 더 이상 목숨의 위협을 느끼지 않아도 될 테니 마풍산은 저의 재능을 활짝 꽃피울 것이라고 믿었다.

사냥을 하고 먹을 걸 구해오는 천부적인 재주 말이다.

묘화는 마풍산의 보살핌을 그 어느 때보다 잘 받지 않겠는가.

마풍산이가 그 작은 악녀에게 기울이는 정성은 그녀의 오빠가 살아 있다고 해도 따라 할 수 없을 만큼 지극한 것이었다.

운도가 다시 피식 웃었다.

그 미련한 곰 같은 놈이 묘화에게 연정을 품고 있다는 사실에 절로 웃음이 나왔던 것이다.

*　　　*　　　*

"이런 낭패가 있단 말인가!"

쾌도왕의 고함 소리에 돌집의 천장이 들썩거렸다.

"그걸 왜 이제야 말한단 말이냐!"

부릅뜬 눈에 핏발이 서리고, 뻣뻣하던 수염이 올올이 곤두서는 것이 노한 호랑이의 두상이다.

그 앞에서 추노는 한없이 작고 초라한 늙은이로 돌아가 있었다.

감히 쾌도왕 앞에서는 숨조차 제대로 쉴 수 없는 것이다.

자신이 흑염라 추과양이라는 일세의 고수이면서 홍안적성의 호법 중 한 명이라는 것 따위는 아무 의미가 없다.

십대천마의 무위는 하늘 그 자체 아니던가.

개개인이 백도십천과 버금가는 무위를 지닌 절대자들인 것이다.

벽난로 앞에 팔짱을 끼고 앉아 지그시 눈을 감고 있던 상왕황준보가 낮게 말했다.

"사흘이 지났단 말이냐?"

“그렇습니다.”

“하— 늦었구나.”

깊은 한숨을 쉬었다.

말은 하지 않았으나 추노를 책망하는 것이다.

추노가 더욱 황송해하면서 조심스럽게 말했다.

“그 안에 소인의 손으로 해결하려고 했던 일이 그만 이렇게 되고 말았습니다.”

쾌도왕이 다시 버럭 역정을 내려고 하자 황준보가 손을 들어 막으며 여전히 조용하고 음울한 어조로 말했다.

“그런데 막지 못했단 말이지? 그리고 지금은 놓쳤다고 여기는 것이로구나?”

그랬기에 이처럼 찾아와 보고하는 것이리라.

추노는 죄를 청하는 사람처럼 고개만 푹 숙이고 있었다.

잠시 무거운 침묵이 돌집 안에 감돌았다.

“대단하구나.”

그것을 깬 황준보의 말이 밑도 끝도 없는 것이라 쾌도왕 갈포참이 눈을 부릅뜨고 그를 노려보았다.

황준보가 빙긋 웃었다.

“그렇지 않은가? 단지 소년들에 불과한데 지옥곡의 흑조를 아홉 명씩이나 죽이고 달아났으니 말이네.”

“흐음—”

쾌도왕이 벌레 씹은 얼굴을 했다.

황준보의 말이 타당하기는 하나 과연 그 일을 두고 그 녀석들을 칭찬해야 하는 건지 아닌지 언뜻 판단할 수 없었던 것이다.

"그만하면 지옥곡의 효과를 톡톡히 보았다고 할 수 있지. 그렇지 않은가?"

"흐음, 그거야 뭐, 그렇다고도……."

떨떠름한 쾌도왕의 말에 의미심장한 미소를 지었던 황준보가 다시 추노를 바라보았는데, 눈빛이 그 어느 때보다 싸늘하게 가라앉아 있었다.

"한 녀석은 정체불명이라고?"

추노가 조심스럽게 대답했다.

"그렇습니다. 표사군이라고 하는 놈인데 무림맹이나 백도십천 쪽에서 심어둔 간세였던 게 틀림없습니다."

"그들의 선발을 책임진 게 누구였더냐?"

"독고 장로였습니다."

"독고문이었단 말이지? 흐음―"

백미마검(白眉魔劍) 독고문(獨孤文).

그는 홍안적성의 다섯 장로들 중 셋째였다.

성주의 자리는 절대천마 풍약헌의 실종 이후 공석이 되어 있었다. 그래서 현재 홍안적성의 실질적인 지배자는 그들 다섯 명의 장로들이었다.

그들이 모든 일을 합의하여 처리하고 있었던 것이다.

그러므로 이번 일을 문제 삼는다면 독고문 한 사람으로 끝날 일이 아니었다.

어쩌면 홍안적성의 태상(太上)인 십대천마 모두가 나서서

인과를 가려내야 할지도 모르는 것이다.

비록 지금은 그들 중 여덟 명만 남아 있었고, 한 번도 홍안적성 내의 일에 간섭하지 않았지만 이번 경우에는 다르다.

"우리가 사라지고 나자 무림맹의 세력이 천하를 뒤덮어서 지금은 그 무엇도 그들의 이목에서 빠져나갈 수 없다고 하더니 틀린 말이 아니었던 모양이구나."

황준보가 탄식했다.

"다 틀렸구나."

황준보는 그렇게 짐작했다.

홍안적성에서 천마비동의 문을 열 이대 절대천마를 탄생시키려는 계획은 표사군을 놓친 순간 다 틀린 것이나 다름없었다.

오히려 그동안 철저히 비밀로 붙여두었던 천마비동의 존재를 온 천하에 드러낸 꼴만 되고 말았다.

홍안적성에서 이런 실수를 저지른 것도 풍약헌이라는 절대적인 지배자를 잃은 때문이라고 탓할 수밖에 없었다.

독고문과 추노는 그 아이들이 설마 지옥곡을 탈출할 음모를 꾸미리라고는 생각하지 못했던 것이다.

또 그렇게 한다고 해도 지옥곡의 호법대인 흑, 자, 남 세 무리의 무사들만으로 충분히 막을 수 있다고 자신했던 것이기도 하다.

그러나 그들은 중대한 실수를 한 꼴이 되고 말았다.

바로 단운도의 능력을 과소평가하고 있었다는 것이고, 표사군의 정체를 알지 못했다는 것이었다.

그 둘이 힘을 합치자 상상을 뛰어넘을 만큼 대단해서 모두가 깜짝 놀랄 만한 일을 해치우고 말았다.

"잡아라. 무슨 일이 있어도 그들이 산 아래로 내려가지 못하도록 해야 한다."

황준보가 냉엄하게 명령했다.

"한 놈도 놓쳐서는 안 된다. 그놈들 중 누구도 외부인과 접촉하기 전에 반드시 찾아서 죽여야 한다."

살인멸구(殺人滅口)의 명령이다.

"특히 표사군 그놈은 생포할 수 없다면 반드시 죽여야 한다. 그러나 단운도 그 아이는 생포해서 나에게로 데리고 와라."

"명심하겠습니다."

"이것이 마지막 기회다. 이 기회마저 놓친다면 나로서도 너의 목숨을 구해줄 수가 없다."

황준보의 말에 추노가 깊이 허리를 숙였다.

그동안 황준보의 비밀 호위로서 그를 수행하며 공경심이 뼛속까지 새겨진 추노였다.

그건 황준보의 인품이 그만큼 추노를 빨아들였기 때문이기도 했고, 그의 지혜에 추노가 진심으로 감복했기 때문이기도 했다.

그런 황준보의 입에서 책임지지 못하면 죽음으로 벌을 내릴 수밖에 없다는 말을 들었으니 가슴이 무너질 것처럼 괴로웠다.

제 목숨을 잃는다는 것보다 황준보를 실망시키게 된다는 것 때문이다.

*　　　*　　　*

벌써 세 번째.

붉은 옷을 입은 자들이 앞을 스쳐 지나갔다.

머뭇거리며 이쪽을 한참 바라보기도 했으나 얼키설키 엉켜 있는 칡넝쿨 너머에 운도가 숨어 있으리라고는 생각하지 못한 듯 매번 그냥 지나쳤다.

운도는 마음이 초조해졌다.

그들의 추격이 이처럼 집요한 것은 반드시 한 놈도 살려서 보내지 않겠다는 것 아니겠는가.

검은 옷을 입었던 자들이 실패했으니 추노는 그들보다 더욱 매섭고 뛰어난 자들을 투입했을 것이다. 그게 바로 저 붉은 옷의 무사들일 것이라고 생각하자 두려움도 생겼다.

이 산을 벗어나지 못하는 한 언제든 저 추적자들에게 꼬리를 밟히고 말 것 아닌가.

그때에는 감당할 수 없게 될지도 모른다.

운도가 그처럼 초조해하고 있을 때 표사군도 마찬가지였다.

그는 폭포 뒤의 움푹 파인 바위틈에 몸을 찰싹 붙이고 있었는데, 폭포의 비말에 온몸이 흠뻑 젖었고, 음습한 한기가 뼛속에 스며들어 추위를 견디기 힘들었다.

그러면서도 숨조차 제대로 쉴 수 없는 것은 폭포가 떨어지고 있는 물웅덩이 곁의 모래밭에 모여 서 있는 남색 경장의 무사들 때문이었다.

모두 다섯 명이었는데, 하나같이 만만해 보이는 자가 없었다.

그들은 누구를 기다리고 있는 것 같았다.

만약 폭포 안쪽을 집중해서 바라보기라도 한다면 거기 누군가 숨어 있다는 걸 즉각 알아챌 것이다.

그때는 어쩔 수 없이 일전을 벌여야 하는데, 내공을 잃어버린 지금으로서는 자신이 없었다.

한두 놈이라면 어떻게 하든 젖히고 달아날 수 있겠지만 다섯 명에게 에워싸이면 꼼짝달싹할 수 없게 되는 것이다.

또한 지금처럼 이렇게 추위로 인해 손발이 얼어붙어 버린다면 제 능력을 십분 발휘해 싸울 수도 없다.

그런 저런 상황의 불리함 때문에 표사군은 초조해 미칠 지경이었다.

그가 덜덜 떨리는 이가 마주치지 않도록 혀를 문 채 버티고 있는데, 옷자락 날리는 가벼운 소리와 함께 한 사람이 못 가에 뚝, 떨어졌다.

추노였다.

표사군이 그를 알아볼 리 없었다.

하지만 추노의 경신술과 그의 몸에서 풍겨나그 있는 차갑고 단단한 기운을 알아볼 수는 있었다.

'고수다!'

즉각 그런 생각이 들면서 두려움으로 몸을 굳히게 된다.

표사군은 추노가 이곳에서 만나본 그 어떤 자보다 뛰어난 고수라는 걸 직감했다.

그의 손에 걸리면 끝장이라는 절박한 생각으로 몸이 더욱 뻣뻣해졌다.

"보고하라."

추노의 등장과 함께 몸을 굽혀 최대한 공경하는 자세로 서 있던 자들이 비로소 허리를 폈다.

"세 놈을 찾아내 죽였습니다."

"단운도와 표사군은?"

"그 속에 끼어 있지 않습니다."

표사군은 흩어졌던 여섯 명의 소년들 중 셋이 저들에 의해 죽임을 당했다는 걸 알았다.

증오와 복수심이 맹렬하게 들끓어 올랐다.

할 수만 있다면 당장이라도 저들을 덮쳐 남김없이 죽여 버리고 싶었다.

그러나 지금은 자신의 그런 마음마저 꾹꾹 눌러두고 있을 수밖에 없다.

증오심마저도 감추어야 한다는 걸 그는 잘 알고 있었다.

자칫 자신의 그런 기운이 흘러나간다면 저 깡마른 노인이 눈치챌 것이기 때문이다.

"단운도와 표사군을 제외하면 이제 세 명이 남았군. 위치는 파악하고 있느냐?"

"워낙 영악한 놈들이라 좀체 파악되지 않고 있습니다. 그러
나 칠호와 팔호가 한 놈의 흔적을 찾아 추격하고 있으니 조만
간 연락이 올 것입니다."

추노가 눈살을 찌푸렸다.

사라진 세 놈 중 겨우 한 놈의 흔적만 발견했다니 그렇다.

폭포 뒤에서 그들의 말을 들으면서 표사군은 단운도 역시
아직 무사하다는 걸 알았다.

그리고 저자들이 단운도와 저를 찾기 위해 전력을 기울이고
있다는 것도 알았다.

'그놈은 어떻게 하든 빠져나갈 것이다.'

표사군은 단운도가 기어이 그렇게 할 것이라고 믿었다.

그렇다면 나 또한 이곳에서 개죽음을 당할 수는 없다고 다
짐한다.

반드시 살아 돌아가 사부를 만나야 하는 것이다.

아직 어디에서인가 쫓기고 있을 그 서 명이 누구인지는 모
른다.

그러나 그들 또한 끝까지 살아서 이 산을 빠져나가기를 간
절히 빌었다.

그 끔찍한 지옥곡에서 그래도 자신을 의지하그 따랐던 수하
들 아니던가.

얼음처럼 차갑고 냉혹한 모습으로 군림한 표사군이었지만
여기까지 함께 왔고, 아직 살아 있다는 그들 세 명에 대한 미안
함과 애정마저 부정할 수는 없었다.

“사호, 오호, 너희들은 이 시간부터 한 가지 일에만 집중해라. 단운도를 찾아내는 것이다.”

“존명!”

호리호리하고 뺨에 검상이 길게 나 있는 자와 매처럼 번쩍이는 눈을 가진 남의인이 복명하고 급히 몸을 날려 숲속으로 사라졌다.

추노가 나머지 세 명에게 말했다.

“너희들은 표사군 그놈을 책임지고 찾아내라. 다른 모든 일은 적조와 남조의 남은 인원들에게 맡긴다.”

“존명!”

그들마저 사라지고 추노 혼자 남았다.

표사군은 더욱 긴장하지 않을 수 없었다.

지옥곡에 있는 동안 운도가 터득한 게 있다면 바로 달아나 숨는 것과 흔적을 찾아내 추적하는 일이었다.

그건 한순간에 사느냐 죽느냐가 정해지는 절박한 상황에서 생존을 위한 몸부림을 하는 동안 절로 터득하게 된 것 아니던가.

바깥세상에서 보고 배우는 것과는 비교할 수 없이 치밀하고 정교할 수밖에 없었다.

지난 일 년 동안 운도는 자신도 모르는 사이에 은신과 추적술의 대가가 되어 있었던 것이다.

그건 운도뿐 아니라 지옥곡에서 생존해 온 모든 소년들에게

공통된 일이기도 했다.

　추노의 수하들이 애를 먹고 있는 것도 바로 그런 이유에서
이다.

　그들도 모두 대단한 자들이기는 하지만 이곳의 지리를 잘 안
다는 이점이 없었다면 벌써 모두 놓쳐 버리고 말았을 것이다.

*　　　*　　　*

　추노 한 사람만 남아 물웅덩이 가를 서성이고 있었다.

　표사군은 이제 더 이상 참을 수 없을 만큼 한기를 느끼고 있
었다.

　제발 추노가 어서 가주기를 바라지만 추노에게는 그럴 생각
이 없어 보였다.

　무엇을 궁리하고 있는 건지 고개를 약간 숙인 채 벌써 반 시
진 가까이 서성이기만 할 뿐이다.

　수하들이 돌아와 보고하기를 기다리고 있는 건지도 몰랐다.

　딱.

　숨을 쉬기 위해 입을 약간 벌렸던 표사군이 그만 이빨 부딪
치는 소리를 내고 말았다.

　저도 통제할 수 없는 일이다.

　추노의 고개가 그 순간 폭포 쪽으로 휙, 돌아갔다.

　눈에서 무시무시한 한광이 와르르 쏟아진다.

　'제기랄, 다 틀렸구나.'

표사군은 절망적인 심정이 되고 말았다.

추노가 이쪽을 똑바로 노려보고 있었기 때문이다.

"나오겠느냐? 아니면 내가 끄집어내 주기를 바라는 것이냐?"

후― 하고 숨을 내쉰 표사군이 덜덜 떨면서 폭포를 뚫고 모습을 드러냈다.

긴장이 풀어지자 온몸이 걷잡을 수 없이 떨리고, 손발이 마비되어 뻣뻣해졌다.

제대로 서 있기조차 힘든지 비틀거리던 그가 기어이 물웅덩이 속으로 미끄러져 떨어져 버리고 말았다.

물보라가 크게 인다.

흥, 하고 코웃음을 친 추노가 허공을 격하고 손을 휘둘렀다.

그러자 한줄기 막강한 잠력이 뻗어 나와 물 밑으로 가라앉는 표사군의 몸뚱이를 끌어당겼다.

무시무시한 격공섭물(隔空攝物)의 흡인신공이었다.

물가에 내동댕이쳐진 표사군은 잔뜩 몸을 웅크리고 덜덜 떨기만 할 뿐 말조차 제대로 하지 못했다.

얼굴이 새파랗게 얼어 있는 것이 기혈이 제대로 통하지 못해 굳어가고 있는 게 틀림없었다.

그대로 둔다면 저체온증으로 인해 목숨을 잃고 말 것이다.

추노가 차가운 비웃음을 흘렸다.

"그렇게 되도록 놔둘 수는 없지."

이처럼 쉽게 사로잡았으니 살려서 데리고 가 이곳에 잠입한 목적을 캐내야 하는 것이다.

발로 걷어차 표사군을 엎어놓은 추노가 그의 명문에 장심을 붙였다.

잠시 자신의 막강한 열양지기를 흘려 넣어주자 표사군이 몸을 꿈틀거렸다.

몇 군데 혈도를 점한 추노가 그를 일으켜 앉혔다.

표사군이 멍한 눈으로 바라본다.

"너는 누구의 명을 받고 이곳에 왔느냐?"

엄하게 힐문하지만 표사군은 아무 말도 하지 않았다.

아직 입이 얼어붙은 건지도 모른다.

"흥, 곧 말하기 싫어도 죄다 털어놓게 될 것이다."

그 말이 무엇을 뜻하는 건지 모를 표사군이 아니었다.

말은 하지 못했지만 그의 두 눈에 절망의 기색이 떠올랐다.

죽는 건 두렵지 않았다.

입을 열어 사실을 말하게 되는 것이 두려운 것이다.

아무리 의지가 굳세고 강단이 있는 자라고 해도 무지막지한 고문 앞에서는 무너지기 마련 아니던가.

표사군은 추노가 행하는 고문이 상상 이상으로 지독하리라는 것을 충분히 짐작할 수 있었다.

그만큼 그가 화가 나 있다는 걸 알 수 있기 때문이다.

추노가 잔혹한 미소를 지으며 천천히 손을 뻗었다.

표사군은 질끈 눈을 감아버리고 말았다.

차라리 누군가가 있어서 제 목을 단칼에 쳐주었으면 하고 바랄 뿐이다.

그때 그 누군가의 음성이 들려왔다.

"추노, 그렇게 하지 마시오."

귀에 익은 음성.

"응?"

번쩍 눈을 뜬 표사군과 추노가 동시에 소리가 들려온 곳을 돌아보았다.

숲속에 운도가 서 있었다.

"단 공자!"

추노가 반갑게 불렀다. 얼굴에는 당혹스러워하는 기색이 떠올라 있는 채다.

'일이 이렇게 쉽게 풀리다니?'

그런 생각에 눈앞에 서 있는 운도가 정말 제가 찾고 있는 그 단운도인지, 허깨비인지 한순간 어리둥절해졌다.

운도의 손에는 번쩍이는 칼 한 자루가 들려 있었다.

그가 천천히 걸어 다가오는 걸 바라보면서 추노는 어떻게 해야 할지 언뜻 판단할 수 없었다.

상왕 황준보는 그를 사로잡아 데려오라고 했다.

그러나 다가오고 있는 운도의 표정으로 보아서는 순순히 저를 따라가 줄 것 같지 않았다.

'그렇다면 강제로 끌고 갈 수밖에 없는데……'

추노가 망설이는 건 다가오고 있는 운도의 기세가 지금까지 제가 알고 있던 단운도의 그것과 판이하게 달랐기 때문이다.

일 년 전의 그와 지금의 그는 하늘과 땅만큼이나 차이가 나 있었다.

그때의 순수하기만 하던 단운도는 이제 어디에도 없는 것이다.

운도의 기세는 그 어떤 고수보다도 엄중하고 무거워 보였다.

게다가 손에 칼마저 쥐고 있지 않은가.

흑조의 무사들이 지니고 있던 청강장도는 모두가 공들여 만든 명품들이었다.

그러나 누가 그것을 쥐고 있다고 해서 두려워할 추노는 아니었다.

그가 망설이는 건 한 가지 생각 때문이었다.

'그는 쾌도왕 각하의 비전을 전해 받았다.'

바로 그것이다.

단운도가 쾌도왕의 쾌도 절기를 십분 익히고 있다는 걸 지옥곡의 싸움을 훔쳐보며 알지 않았던가.

몽둥이를 휘두를 때의 그가 무섭기 짝이 없었는데, 이제는 날이 잘 갈린 청강장도를 쥐고 있으니 열 배는 더 무서울 것이다.

"으음—"

추노가 잔뜩 낯을 찌푸리고 침음성을 흘렸다.

만약 싸우게 된다면 내력을 사용할 수밖에 없다고 생각했다. 그렇지 않고서는 운도의 쾌도 절기를 쉽게 상대할 수 없을 것이니 그렇다.

자신의 막강한 내력이라면 운도를 제압할 수 있을 것이다. 그러나 어쩔 수 없이 심각한 내상을 입히게 될 것 또한 자명했다.

추노의 걱정은 거기에 있었다.

'상왕께서 과연 무어라고 할지……'

결코 잘했다고 칭찬은 하지 않을 것이다.

이럴 수도 없고 저럴 수도 없는 난처한 상황을 눈앞에 두고 추노는 고민에 빠질 수밖에 없었다.

다가온 운도가 추노를 노려보았다.

"그를 놓아주시오."

"그럴 수 없소."

추노가 일언지하에 거절했다. 타협이나 협상의 여지도 내비치지 않는 단호함이었다.

그럴 것이라고 예상하고 있었던 일이다.

추노의 눈빛이 더욱 차갑게 가라앉았다. 음침해진다.

그에 따라 운도의 본능은 위험을 사납게 경고하고 있었다.

추노는 위험한 인물이다. 그에게 잡히면 다시 어떤 일을 당할지도 모른다.

그렇게 되기 전에 달아나는 게 안전을 지키는 유일한 길이다.

본능의 그러한 아우성에 머릿속이 멍해질 지경이었다.

第八章

내가 옳다고 믿는 것이 정의다

마룡의
후예

"단 공자가 이렇게 스스로 나타나 주었으니 잘된 일이오. 나와 함께 갑시다."
"어디로 말이오?"
"가보면 알게 될 것이오."
"싫다면?"
"흥, 내 손속이 얼마나 매서운지 맛보여 줄 수밖에."
"하하하— 종인 줄 알았더니 이제는 주인 행세를 하려고 드는군."
운도가 유쾌하다는 듯 크게 웃었다.
그것이 제 마음을 감추기 위한 과장된 행동이라는 걸 모를 추노가 아니었다.

그러나 그렇다고 해서 모욕감이 사라지는 건 아니다.

추노가 더욱 낯빛을 굳힌 채 한 걸음 다가서며 두 손에 잔뜩 내력을 끌어 모았다.

여차하면 장력을 후려쳐 단번에 제압해 버릴 속셈인 것이다.

추노가 운도의 속셈을 짐작했듯이 운도 또한 그런 추노의 생각을 읽었다.

즉시 칼을 들어 올려 추노를 가리켰는데, 싸늘한 칼빛이 눈부시게 번쩍였다.

"나는 추노의 생각처럼 그렇게 만만한 상대가 아닐 것이오. 비록 내공을 잃었다고 하나 그 대신 이처럼 좋은 칼을 얻었으니 더욱 그렇지."

'허세일 것이다.'

추노는 그렇게 생각했다. 속으로는 두려워 떨면서도 기가 꺾이지 않기 위해 허세를 부리는 것이라고 믿었다.

그러나 운도의 냉엄한 신색과 저를 겨누고 있는 칼 앞에서 결코 방심할 수 없었다.

쾌도왕의 도법이 어떤 건지 잘 알고 있기 때문이다.

두 사람 사이에 잠시 침묵이 흘렀다.

"으음—"

탄식한 운도가 천천히 칼을 내리며 말했다.

"그래도 함께 고생한 인연이 있는데 추노에게 칼을 휘두를 수는 없겠구려. 이렇게 합시다. 표사군을 놓아주시오. 그러면 순순히 당신을 따라가겠소.”

“웅?”

뜻밖의 제안이다.

어리둥절했던 추노가 내력을 훑치며 빙긋 웃었다.

“놓아준다고 해도 그는 이 산을 벗어날 수 없을 것이오.”

“그건 이제 그의 사정이지.”

“그렇게 하면 정말 순순히 나를 따라가시겠소?”

“물론이오.”

추노는 잘된 일이라고 생각했다.

운도를 애써 찾는 수고도 없이, 싸우지도 않고 온전하게 데리고 갈 수 있게 되었으니 그렇다.

표사군은 처음부터 보지 못했던 것으로 치면 그만 아닌가.

지금 제 손을 벗어난다고 해도 조만간 수하들에게 발각될 것이 분명하다. 그러면 죽거나 다시 붙잡히게 되리라.

모든 일이 다 순조롭게 마무리되는 것이다.

“좋소, 그렇게 합시다.”

흔쾌히 말한 추노가 점했던 표사군의 혈도를 풀어주고 물러났다.

“휴—”

긴 한숨과 함께 느릿느릿 몸을 일으킨 표사군이 멍하니 운도를 바라보았다.

“너는 어리석은 짓 할 생각 마라.”

힘없는 음성으로 내뱉은 첫마디가 그것이었다.

운도가 빙긋 웃었다.

"가라. 나에게 또 한 번 신세졌다는 걸 잊으면 안 돼."

"왜 그런 거지? 네 목숨의 위험까지 무릅쓰면서 말이다."

"네 사부와의 인연을 생각해서 선심을 쓴 거니 그렇게 알고 있어라."

"뭐라고? 내 사부님을 안단 말이냐?"

표사군이 궁금해하지만 운도는 제가 흑풍객과 만난 적이 있을뿐더러, 그와 며칠 동안 동행했었다는 걸 끝내 말해주지 않았다.

추노를 의식해서였다.

"여전히 지옥곡의 추적자들이 너를 뒤쫓을 것이다. 하지만 다시는 붙잡히지 않겠지."

운도가 눈을 찡긋했다.

"너는 대체 어쩌려고……."

표사군의 얼굴이 어두워졌다.

운도가 저를 두 번씩이나 구해주었다는 것도 짐이려니와, 그렇게 하기 위해 매번 제 목숨마저 내던졌다는 걸 생각하면 그에게 진 빚을 갚을 때까지는 마음이 편할 날이 하루도 없을 것이다.

우선은 이곳에서 무사히 살아 빠져나가는 게 운도의 희생을 헛되게 하지 않는 일이다.

표사군이 이를 악물었다.

'그놈들은 이제 더 이상 나를 찾지 못할 것이다.'

그렇게 해야만 한다고 각오한다.

운도가 표사군에게 칼을 던져 주었다.

"나에게는 이제 쓸데없으니 네가 가지고 가라."

"왜 그런 무모한 짓을 했소?"

추노의 물음에 운도는 대답하지 않았다.

그가 저를 어디로 데리고 가는 건지에 대한 두려움 따위는 없었다.

다만 궁금할 뿐이었다.

처음 만났을 때부터 지금까지 추노는 운도에게 공경하는 말투를 지켰다.

아무것도 알지 못할 때는 그가 황 대인의 종이고, 황 대인이 저를 공경하니 추노 또한 그런가 보다, 하고 단순하게 생각했다.

그런데 지금은 그렇지 않았다.

추노의 진정한 신분이 무엇인지 알지 못하나 지옥곡주라는 직위가 홍안적성 내에서도 결코 낮지 않으리라는 것쯤은 충분히 짐작할 수 있었다.

또한 표사군에게는 함부로 대하기도 했다.

그런 생각이 운도의 머릿속을 혼란하게 했다.

이유가 있지 않고서야 추노가 저를 공대할 리가 없지 않은가.

그래서 추노에게 그 이유를 묻자 추노는 빙긋 웃기만 했다.

그리고 한 말이라는 게, "황 대인이 단 공자를 공경하고 쾌도왕이 애지중지하니 나 또한 그럴 수밖에요" 하는 것이었다.

그건 충분한 대답이 되지 못했다.

그러나 운도는 이제 어렴풋이 짐작할 수 있었다.

어쩌면 그 이유를 알아내는 게 자신의 신세 내력에 대하여 규명하는 단서가 될지도 모른다는 것을.

눈앞에 붉은 그림자가 어른거리는 것 같더니 적의무사 두 명이 바람처럼 가볍게 내려서 추노에게 궁신의 예를 취했다.

추노가 거만하게 턱을 끄덕였는데, 운도를 대할 때와는 사뭇 달랐다.

"찾았느냐?"

"서쪽으로 흔적이 나 있었습니다. 지금 그것을 쫓고 있는 중입니다."

"이제 사로잡을 필요 없다. 반드시 죽여라."

"존명."

"다른 세 놈은?"

그 말에 적의무사 한 명이 허리에 차고 있던 붉은 보자기를 추노 앞에 내려놓았다.

그 속에 들어 있는 걸 본 운도가 "으음" 하고 침음성을 흘렸다. 잔뜩 얼굴을 찌푸린다.

붉은 보자기 안에서 나온 것은 한 사람의 머리통이었는데, 표사군을 따라다니던 소년의 것이었다.

운도는 그 소년의 이름이 장학구라는 걸 알고 있었다.

이곳까지 와서 마지막 고비를 넘기지 못하고 기어이 죽임을 당하고 말았다는 데에 가슴이 아파온다.

그것은 곧 적의인들과 추노에 대한 적개심으로 전이되었다.

그들을 노려보는 눈길이 무시무시해진다.

이제 표사군과 두 명의 소년이 남았을 뿐이었다.

운도는 그들이 제발 무사히 살아서 이곳을 떠나기를 마음속으로 간절히 빌었다.

서쪽으로 난 흔적을 쫓아갔다는 말을 듣고는 마음속으로 웃음도 났다.

그건 표사군이 거짓으로 만들어놓은 흔적일 것이라는 걸 누구보다 잘 알고 있기 때문이다.

그는 지금쯤 동쪽으로 달려가고 있을 것이다.

그것도 수시로 방향을 바꾸고, 적당한 간격마다 거짓 흔적을 남겨놓을 테니 그들은 더욱 찾기 힘들어질 게 뻔했다.

흔적을 쫓기 위해서는 인원을 쪼갤 수밖에 없고, 거리가 멀어질수록 서로 간의 사이가 더 벌어질 것 아닌가.

결국 한 명이나 두 명이 뒤를 쫓게 될 텐데 그러면 표사군이 능히 그들을 상대할 수 있을 것이라고 믿었다.

다급한 신호를 받는다고 해도 다른 자들이 가세하기에는 서로의 거리가 멀어진 만큼 시간이 걸릴 것이니 마음이 놓인다.

'그를 잡지 못할 것이다. 나머지 두 명도 그렇다.'

운도에게 그런 믿음이 생겼다.

이곳에서 그들을 추적해 간 지 벌써 한나절이 지났으니 그들을 잡을 가능성은 점점 더 희박해진 것이다.

운도는 이제 제 문제만 원만하게 처리하면 된다고 생각했다.

"대체 나를 어디로 데려가는 것이오?"

적의인들이 추노의 명을 받고 떠난 뒤 운도가 다시 물었다.

"규칙대로 죽여야 하는 것 아닙니까?"

지옥곡에 들어가기 전 추노가 마지막으로 해주었던 말을 떠올리고 묻자 그가 빙긋 웃었다.

"그래야 할지도 모르지요. 하지만 그전에 먼저 만나봐야 할 사람이 있습니다. 그분의 결정에 달린 일이니 행운을 빌어야겠지요."

추노가 의미심장한 얼굴로 운도를 바라보더니 다시 말했다.

"그런데 내 생각에는 행운이 어쩌면 단 공자에게 벌써 와 있는 것 같군요."

"그 말은……?"

추노가 그를 빤히 바라본다.

"공자가 지옥곡에서 빠져나온 건 황 대인을 만나기 위해서 아니었소?"

"그럼……."

"황 대인 또한 단 공자를 만나기 원하신다오."

"아, 그 돌집으로 가는 겁니까?"

"그렇소이다. 단 공자는 방향을 한참 잘못 잡았더군요."

추노가 희미하게 미소 지었다. 친근해 보인다.

운도의 몸에서 긴장이 풀렸다. 어깨의 힘이 빠지자 갑자기 피로가 몰려들었다.

"왔구나!"

전나무 숲과 돌집 사이의 공터에서 서성거리고 있던 쾌도왕 갈포참이 추노와 함께 다가오는 운도를 발견하고 버럭 소리쳤다.

쿵쿵거리며 달려오더니 다짜고짜 꽉 끌어안는다.

"우허허허— 네놈이 살아서 돌아올 줄 알고 있었느니라."

쾌도왕은 예전과 달라진 게 없는 것 같았다.

그러나 운도의 마음은 그렇지 않았다.

돌집 안에서 기다리고 있던 황준보의 얼굴에도 반가워하는 미소가 가득 피어났다.

그의 후덕하고 인자해 보이는 모습을 다시 브게 되자 운도의 마음속에도 역시 반가움이 가득했으나 끝내 내색하지 않았다.

"단 공자, 왜 나왔는가?"

황준보가 책망하듯이 물었다.

운도가 머뭇거렸다.

"처음 그곳에 들어가겠다고 한 건 자네의 뜻이었네. 나와 한 약속을 그새 잊었단 말인가?"

"잊지 않았습니다."

"그런데 왜 나왔단 말인가? 일 년의 기한이 다 차가는데 그새를 참지 못했다면 실망일세."

황준보의 표정과 말투가 점점 엄격해졌다.

마치 스승이 약속을 지키지 않은 제자를 꾸짖는 것 같다.

운도가 발끈해서 황준보를 노려보았다.

"필요한 건 내가 아니었지 않습니까? 누가 되었든 그곳에서 마지막까지 살아남은 자였겠지요."

"나는 자네가 바로 그 사람이 될 것이라고 굳게 믿었고, 지금도 그렇다네."

"만약 아니었다면? 표사군이나 염필도였다면?"

"그렇다면 그들이 천마비동을 얻었겠지."

"흥, 그 말은 결국 황 대인에게 있어서 나는 그들과 다름없는 한 사람이었을 뿐이라는 것이군요."

"자네는 나와 굳게 약속을 했네."

황준보에게는 오직 운도가 그것을 지키지 못했다는 사실이 중요한 것 같았다.

운도가 소리쳤다.

"나는 그곳에서 한 가지 중요한 사실을 깨달았습니다!"

"그래? 그게 무언가?"

"때로는 약속보다 중요한 게 있다는 것이지요."

"나는 그 말을 인정할 수 없네."

황준보의 표정이 더욱 엄격해졌다.

상인에게 있어서 약속은 생명보다 소중한 것이다. 그런 생각이 뼛속에 박혀 있는 사람다운 말이었다.

그러나 운도에게는 또 다른 가치관이 있었다.

"정과 의리야말로 백 마디의 말로 한 약속보다 더 크고 소중합니다."

"단지 그걸 깨달았단 말인가? 그렇다면 실강일세."

황준보가 탄식하고 나서 다시 말했다.

"자네는 나에게 말해준 적이 있었지. 사부의 가르침에 대해서 말일세."

"……?"

"무정무한. 정이 없으면 한도 없다고 한 사부의 말을 뼛속에 새기고 있노라고 하지 않았던가?"

운도가 낯을 찌푸렸다.

무정무한(無情無限).

그건 사부 등 선생이 저를 버리고 떠나기 전에 해준 말이었다.

반드시 지키라고 하지 않았던가.

그걸 잊어버리지 않고 있는 운도였다. 아니, 잊을 수가 없다.

그러나 운도는 지금 사부의 그 말에 대하여 심각한 회의에 빠져 있었다.

"자네가 약속을 어겼으니 나도 약속을 지킬 수 없네."

운도는 침통한 심정이 되었다.

약속을 지키지 못한 게 맞으니 황준보에게 그가 알고 있는 자신의 신세 내력에 대한 비밀을 털어놓으라고 할 수가 없는 것이다.

기껏 그를 찾아온 게 헛수고가 되고 말았다.

'그러나 후회는 하지 않는다.'

운도는 제 자신에게 가만히 속삭여 주었다.

그 지옥 속에서 서로 죽고 죽이던 일들이 주마등처럼 떠올랐다.

그때의 저는 제가 아니라 흉악한 야차였을 뿐이었다고 생각한다.

제가 그렇게 변할 수 있었다는 게 믿어지지 않았다.

그러나 그건 꿈이 아니었다. 한바탕 악몽을 꾸고 일어난 거라면 소원이 없겠으나, 아니다.

운도가 가만히 제 손을 내려다보았다.

몽둥이를 휘둘러 머리통을 부수어놓을 때의 그 느낌과 감각이 생생히 되살아났다.

'내가 한 짓이다.'

입술을 악물었다.

누가 시켜서 한 짓도 아니고, 강요에 의해서 한 짓도 아니었다.

살기 위해서, 그리고 나와 함께하는 자들을 살려주기 위해서, 구해주기 위해서 했던 일 아니던가.

운도의 짙은 눈썹이 꿈틀거렸다.

친구를 위해서, 사랑하는 사람을 위해서라면 다시 야차 아니라 그보다 더한 괴물이 되더라도 기꺼이 그렇게 할 것이라고 생각한다.

결국 사부의 마지막 가르침은 잘못된 것이라고 스스로 결론을 내린 것이다.

갈등하는 운도의 모습을 묵묵히 지켜보던 황준보가 물었다.

"이제 어떻게 하겠는가?"

"내 힘으로 해야겠지요."

"일이 이미 다 틀어져 버렸으니 무엇을 할 수 있겠는가? 처음부터 다시 시작하려면 많은 노력과 시간이 필요하고, 또 수많은 위험에 처하게 될 텐데 그걸 죄다 감수하겠단 말인가?"

"해야지요."

운도의 말은 단호했다.

황준보에게 제 신세에 대한 비밀을 털어놓으라고 한마디도 채근하지 않는다.

지독한 고집이고 오기였다.

그것 또한 지난 일 년 동안 지옥에서 살기 위해 투쟁하면서 얻게 된 것이리라.

황준보는 그런 운도를 대견하게 여겼다. 그러나 겉으로 드러난 그의 표정은 어디까지나 엄격하고 냉정하기만 했다.

약속을 지키지 않은 것에 대해 끝까지 책임을 물으려는 것 같다.

황준보가 다시 말했다. 그는 운도를 회유하려는 의도를 가지고 있는 게 틀림없었다.

"세상에 나가면 모든 사람이 다 자네를 적으로 여길 걸세.

또한 이제는 더 이상 우리의 도움을 받을 수도 없네. 알다시피 우리는 정체가 드러났으니 세상에 나갈 수 없기 때문일세."

백도 천하인 지금의 무림에서 운도는 마교인 홍안적성의 음모에 대한 중요한 단서를 쥔 인물로 인식되고 있었다.

풍사곡에서의 일이 그를 그렇게 만들어주었다.

그러므로 세상에 내려가면 강호의 모든 무리들이 벌떼처럼 달려들 게 뻔했다.

그게 오해라고 아무리 해명한들 사람들이 그 말을 믿어줄 것인가.

운도 또한 그런 사실을 잘 알고 있었다.

묵묵히 생각하던 그가 물었다.

"저를 어디로 데려가실 생각이십니까?"

"홍안적성."

운도가 깜짝 놀라 황준보를 바라보았다.

"저를 아예 마교의 인물로 만드실 작정이군요?"

"세상에 마교란 없네."

황준보가 엄하게 말했다.

"종교를 빙자해서 사람들을 홀리는 사악한 집단이나, 자신들의 이익을 위해 달콤한 말과 폭력으로 타인을 갈취하는 단체는 넘치고 넘쳐 나지. 굳이 말하자면 바로 그런 집단을 마교라고 해야 할 것이네."

"홍안적성은 그렇지 않단 말입니까?"

"세상에는 두 가지의 정의가 있다고 믿네. 남들이 옳다고 인정해 주는 정의와 내 자신이 옳다고 믿는 정의가 그것이지. 단 공자는 어떤 것이 옳다고 생각하는가?"

"나는……."

단운도는 그런 것에 대하여 생각해 본 적이 없었다.

우물쭈물하지만 그의 마음속의 소리는 '네 자신이 옳다고 믿는 게 옳은 거야, 그게 신념이라는 거니까!' 하고 악을 쓰듯 소리치고 있었다.

지그시 바라보던 황준보가 다시 말했다.

"단 공자는 후자가 정의라고 생각할 걸세. 나는 그걸 알지."

"어떻게 확신하지요?"

"단 공자는 그래야 어울릴 사람이니까. 단 공자의 기질이 우리와 같다는 걸 우리는 모두 잘 알고 있지."

"으음—"

운도는 부정하지 않았다. 제 마음속의 소리를 지금도 듣고 있는 것이다.

"세상 사람들이 옳다고 여기는 게 바로 백도가 내세우고 있는 정의일세. 우리는 우리의 소신과 신념을 딛지. 그들은 그게 못마땅할 뿐일세. 자신들의 정의를 따르지 않으니까."

"그게 홍안적성이 마교로 몰린 이유라면 너무 단순하군요."

"세상일이란 다 그런 걸세. 우리가 복잡하다고 여기는 것들이 실은 가장 단순하기 짝이 없는 것들이지."

근원을 들여다본다면 모두 그럴 것이다.

운도는 황준보의 말을 심각하게 생각하지 않을 수 없었다.

제가 지금 이렇게 고민하고 있는 자신의 출생에 대한 비밀
이라는 것도 그 근원을 알고 나면 어이없을 만큼 단순한 것일
지도 모른다.

알고 모르고의 차이라는 게 복잡함과 단순함을 만들어낼
뿐, 처음부터 복잡한 건 없다고 생각했다.

황준보의 말에 그렇게 동의하자 운도의 마음이 움직였다.

그들을 따라 홍안적성에 들어간다면 세상을 잊고 마음 편하
게 지낼 수 있을 것이다.

그런 생각이 들자 마음속에 하나의 또 다른 기운이 슬그머
니 고개를 들었다.

운도에게 속삭인다.

'굴레를 바꾸어 쓰는 것뿐이야. 처음의 굴레를 생각해 봐.
그게 너를 자유롭지 못하게 했지? 그걸 바꾸어 쓴다고 해서 자
유로워지리라고 믿어?

그 속삭임은 여름날에 불어가는 한줄기 맑고 시원한 바람
같은 것이었다.

운도가 결연하게 말했다.

"황 대인의 말처럼 나는 내가 옳다고 믿는 게 정의라고 생각
합니다. 그렇다면 그걸 행해야 하겠지요. 믿음만 가지고 있어
서야 어디 대장부라고 할 수 있겠습니까?"

"그 말은 무슨 의미인가?"

"내가 옳다고 믿는 대로 행동하겠다는 것입니다."

"그럼 나의 권유를 받아들이지 않고 세상으로 나가겠다는

건가? 허, 그건 소신이나 신념이 아니야. 고집이라고 하는 거
지.”

　“그럴지도 모르지요.”

　운도가 크게 고개를 끄덕였다.

　그러나 마음을 바꾸지는 않았다.

　“이제는 누구에게도 의지하지 않고 내 스스로 모든 걸 해 나
갈 것입니다. 홍안적성도 무림맹도 나를 가르막거나 구속하지
못할 것입니다.”

　운도는 자기 자신에 대한 독립을 선언했다.

　그건 당당하고 떳떳한 일이었다. 그래서 자부심이 한껏 높
아지기도 했다.

　황준보가 믿을 수 없다는 듯 멍하니 운도를 바라보았고, 그
때까지 아무 말 없이 한쪽에 서서 그들을 지켜보기만 하고 있
던 쾌도왕 갈포참이 박장대소를 터뜨렸다.

　“으하하하— 저놈이 드디어 어른이 되었구나!”

　그러나 황준보는 매우 아쉬워하고 못마땅해하는 기색이 역
력했다. 그가 진지하게 말했다.

　“다시 한 번 잘 생각해 보게. 나를 따라 홍안적성으로 간다
면 단 공자는 편안한 삶을 누릴 수 있게 될 뿐만 아니라 천하의
모든 사람을 오시할 만한 절세적인 무공을 익혀 대성할 수도
있을 것이네.”

　잠시 말을 멈추고 운도의 마음이 움직이는지 눈치를 살펴보
더니 한숨을 쉬었다.

여전히 운도가 꿈쩍도 하지 않고 있었기 때문이다.

"절세적인 무공을 익히고 홍안적성의 힘을 등에 업은 다음에 세상에 나온다면 자신의 뜻을 마음껏 펼칠 수 있지 않겠는가?"

"그 말씀은 나더러 마교의 앞잡이가 되라는 것이로군요?"

운도의 입가에는 비웃음마저 떠올랐다.

황준보가 마지막 수단이라는 듯 간절하게 말했다.

"출생에 대한 비밀도 홍안적성에 가면 저절로 알게 될 것일세. 단 공자는 그걸 간절히 원한 게 아니었나? 그래서 지옥곡으로도 과감하게 뛰어들었고 말이야."

"내 비밀을 찾는 일은 이제 내 힘으로 하겠습니다. 마교의 주구가 될 수는 없지요."

운도의 단호한 말에 황준보가 기어이 벌컥 역정을 냈다.

"홍안적성은 마교가 아니라니까!"

"흥, 지옥곡에서 어떤 일들이 있었는지 아십니까? 마교가 아니라고 아무리 우겨도 이 세상에서 그런 일을 벌일 수 있는 자들이라면 그게 바로 마교라고 지탄받아 마땅한 자들일 것입니다."

"자네는 그곳에서 어떤 일이 벌어질지 짐작하고도 그리로 들어갔네."

"철이 없었던 탓이라고 치지요. 나의 그 결정에 대해서는 내 자신이 누구보다 후회하고 있습니다."

"후회하고 있다고? 단지 그것뿐이란 말인가?"

황준보가 믿을 수 없다는 듯 운도를 바라보았다.

운도가 두 팔을 활짝 벌리며 말했다.

"자, 나는 지옥곡의 규칙을 앞장서서 어겼습니다. 어떻게 하시겠습니까? 규칙대로 죽이시겠습니까?"

그렇게 하려면 해보라는 듯 당당하다.

황준보의 얼굴에 노기가 가득해졌다.

그런 모습은 운도가 익히 보아왔던 온화하고 부드러운 그의 모습과는 사뭇 달랐다.

"그렇게 하겠다면 어쩌겠는가?"

운도가 쾌도왕을 바라보고 차갑게 웃었다.

"하하, 저기 저렇게 쾌도왕 각하께서 버티고 서 있는데 소생이 무얼 어떻게 할 수 있겠습니까? 죽이면 죽을 수밖에요."

"응?"

그 말에 쾌도왕이 눈을 부릅떴다.

자신마저 적대시하는 운도의 말투에서 그가 자신이 송번성에서부터 지켜보아 왔고, 익히 알고 있었던 그 단운도가 아닌 것같이 여겨졌던 것이다.

마치 생소한 청년 한 명이 눈앞에 서 있는 것 같아서 쾌도왕은 제 눈을 비비고 다시 바라보았다.

운도에게 옛정이란 자신을 괴롭게 하는 것일 뿐이었다.

지옥곡에 들어가 일 년의 세월을 보내는 동안 그렇게 되어버렸다.

그전에는 쾌도왕이 가장 믿을 수 있는 친구였고, 황 대인은

든든한 보호자와 같았다.

그들을 믿고 의지하는 삶이 편안했다.

그러나 지옥곡의 삶을 겪으면서 그들에 대한 미움까지 생기고 만 건 그들이 홍안적성의 십대천마라는 것 때문이었다.

홍안적성에 대한 좋지 않은 감정을 가질 수밖에 없었으니 그렇다.

운도는 이곳에서 자신의 과거를 끊어버리려고 했다.

쾌도왕과 장왕 진사곤, 그리고 염 부인에게서 받은 은혜가 과한 것임을 부정하지는 못한다.

그러나 더 이상 그들과 엮이고 싶지 않은 것도 사실이었다.

"보내줘."

쾌도왕이 끼고 있던 팔짱을 풀고 성큼 나섰다.

"이대로 말이냐?"

쾌도왕이 어이없다는 듯 바라보는 황준보의 눈길을 외면한 채 운도에게 다가가더니 부리부리한 눈으로 그를 뚫어지게 바라보았다.

"이제 아주 훌륭한 사내가 되었구나. 그래서 네가 뭐라고 하던 나는 기쁘다."

쾌도왕의 마음이 진실이라는 걸 누구보다 운도가 잘 알았다.

이 세상에서 저보다 쾌도왕을 잘 아는 사람은 없다고 생각한다.

하지만 지금 다시 그에게 의지한다면 평생 홀로 설 수 없게 될 것이다.

독한 마음이야 이미 지난 일 년 동안 다질 대로 다져온 운도였다.

그 누구보다 무정하고 비정한 사람에 가장 가까워져 있을 것이다.

그게 지옥곡에서 일 년을 보내며 얻은 또 하나의 무기라면 무기인 셈이었다.

운도가 야무진 얼굴로 쾌도왕을 똑바로 바라보며 말했다.

"보내준다면 가겠어. 그리고 다시는 돌아오지 않을 거야."

쾌도왕에게 돌아오지 않겠다는 말이고 또한 정 많고 온유했던 자신의 모습으로 돌아오지 않겠다는 말과 같다.

그렇게 하고 싶어도 이제는 그럴 수 없다는 걸 운도는 물론 쾌도왕 역시 잘 알고 있었다.

쾌도왕이 운도의 어깨에 한 손을 얹었다.

그를 이제는 소년이 아니라 한 사람의 당당한 사내로서 대한다는 뜻이기도 했다.

"세상이 얼마나 험난한지는 너도 잘 알 것이다. 그러나 사내 대장부라면 어떤 환난이 닥쳐도 꿋꿋하게 밀고 나가 기어이 제 뜻을 달성하는 법이지. 무운을 빌겠다."

고개를 끄덕인 운도가 황준보를 바라보았다.

"그동안 신세졌던 일을 기억하겠습니다."

목례로써 작별 인사를 대신하고 미련없이 돌아선다.

터벅터벅 돌집 밖으로 걸어나가는 운도의 뒷모습을 바라보는 상왕 황준보와 쾌도왕 갈포참의 두 눈에 복잡한 감정이 가득했다.

"아, 그의 고집을 끝내 꺾을 수 없구나."

황준보의 탄식에 쾌도왕이 쓴 입맛을 다셨다.

"천마비동을 싫다고 하는 놈은 처음 본다. 제기랄, 고집불통이라니."

묵묵히 허공을 응시하던 황준보가 빙그레 웃었다.

"하지만 이미 정해진 하늘의 인연을 고집만으로 어찌할 수 있을 것인가."

쾌도왕이 의아해서 돌아보았다.

"그럼 저 녀석이 다시 돌아올 거란 말이냐?"

"그거야 알 수 없지. 하지만 나는 그에 의해서 우리 홍안적성이 다시 크게 부흥할 것을 믿는다."

"떠났는데도?"

"길을 가는 것뿐이야. 어디로 가든 길이야 있지. 그 길 끝에 무엇이 있는지 단 공자는 아직 모르고 있을 뿐이다."

"그럼 너는 잘 알고?"

"정말 몰라서 묻는 거냐? 그가 어떤 길로 가든 결국 돌아오는 결과가 되리라는 걸 말이다."

"호호호, 알지. 나도 알 건 다 알고 짐작할 건 다 짐작하고 사는 몸이시다, 이놈아."

그러니 너 혼자 잘난 체하지 말라는 듯 매섭게 노려보는 쾌도왕 갈포참의 얼굴에도 웃음기가 떠올라 있었다.

그리고는 운도가 떠난 바깥을 바라보며 중얼거렸다.

"그나저나 그 녀석 놀랍게 변했어. 이제는 앳된 티가 조금도 남아 있지 않다."

"그곳에서의 일 년이란 밖에서는 평생을 보내도 겪지 못할 일들 투성이였을 테니까."

"그렇다면 그 녀석은 아주 큰 걸 얻어 가지고 가는 셈이지. 천마비동은 아니지만 그 못지않은 걸 얻은 게야. 클클클―"

쾌도왕이 무엇을 생각하는지 의미심장한 미소를 지었다.

第九章
길은 드 다른 길과 이어진다

마룡의 후예

이귀율이 돌아왔다.

금의환향이라는 말이 그것에 어울릴 것이다.

그는 십천의 공동전인이 된다는 목적을 기어이 달성한 것이다.

그래서 백도십천이라는 막강한 후광을 업고 당당하게 돌아왔다.

정확히 말하자면 백도십천 모두의 무공을 배우게 된 것은 아니었다.

화산의 무량자 이릉운은 행방불명 상태였으므로 빼야 하고, 영원한 고독자인 흑풍객 장하륜 또한 그랬다.

거기에 개방의 전대 방주였던 풍진걸개 양위허도 십천지약에서 발을 뺐다.

그러므로 이귀율은 나머지 일곱 천주의 공동전인이 된 것이라고 해야 정확하다.

그러나 그것만으로도 세상의 이목은 온통 이귀율에게 쏠리기에 충분했다.

그는 이제 백도의 희망이자 우상이 될 날을 코앞에 두고 있는 기린아인 것이다.

이귀율은 지난 일 년 동안 십천이 마련한 은밀한 장소에서 나머지 후보자들과 치열한 경쟁을 했다. 그리고 여섯 명의 경쟁자들을 죄다 물리쳤다.

경쟁 기한이 지나자 공동 후계자를 선출하기 위해 십천의 천주들 중 실종된 풍사곡주 위진평을 뺀 여섯 사람이 모두 모였다.

그 자리에서 대표 격인 소림사의 탕마무불 각원 선사는 한참 생각한 뒤에 풍사곡의 이귀율을 지명했다.

나머지 다섯 명의 천주들이 일제히 눈살을 찌푸렸으나 그동안 보여준 이귀율의 재능과 성취도는 인정하지 않을 수 없는 일이었다.

그들의 마음속에는 하나같이 자신의 제자가 십천지주가 되기를 바라는 염원이 있었다.

그러나 이귀율이 그들 중 가장 뛰어나다는 걸 부정할 수는 없었다.

투표가 시작되었지만 소림의 각원 선사가 이미 이귀율을 지지하기로 한 이상 그건 그저 형식에 지나지 않았다.

다섯 명의 찬성과 한 명의 기권으로 결국 이귀율이 십천지 주로 결정되었다.

뜻밖에도 기권을 한 사람은 소림의 각원 선사였다.

사람들은 모두 그 사실을 의아하게 여겼다.

각원 선사가 그들에게 말했다.

"비록 십천의 모든 무공을 배우지는 못하겠지만 우리들 여섯 명의 절기를 배우게 된다면 십천지주는 역사상 가장 강한 초인이 될 것이오."

다섯 천주가 일제히 고개를 끄덕였다.

각원 선사가 아미타불을 중얼거리고 나서 희미한 미소를 지었다.

"사람의 의지로 누구를 뽑아줄 수는 있으나 그가 과연 그렇게 될 것인지 아닌지는 하늘만이 결정할 수 있는 일 아니겠소? 나는 부처님을 모시는 화상으로서 감히 하늘의 결정을 대신할 수가 없구려."

"그렇다면 어째서 이귀율을 지지한다는 말씀을 하신 것이오?"

성미 급한 산동의 하가신창 하운봉이 따지듯 묻자 각원 선사가 아미타불을 외고 나서 느릿느릿 말했다.

"하늘은 사람들에게 각기 다른 재능을 주었소이다. 우리가 선택한 여섯 명의 제자도 그렇소. 그중 십천의 무공을 익히고 배우기에 이귀율의 재능이 가장 뛰어났지. 그러니 그건 하늘이 그에게 준 재능이 아니겠소?”

각원 선사의 말은 달리 해석할 수가 있었다.

이귀율이 무공 방면에 있어서의 재능은 다른 경쟁자들보다 탁월하지만 그 외의 다른 면에 있어서는 부족할 수도 있다는 것이다.

선사의 말에 다들 침묵했다.

묵묵히 자신들의 생각을 정리하는 것이다.

그리고 그들은 이귀율을 십천지주로 선출한 결정을 후회하지 않기로 결단했다.

그들이 원하는 건 자신들의 무공을 대성하여 절대적인 초인이 되어줄 한 사람이었다.

그 밖의 것들은 모두 자잘한 것으로 여겼다.

과거의 절대천마 풍약헌이 다시 나타난다고 해도 능히 그를 상대하여 물리칠 수 있을 만한 백도의 초인.

절대적인 무위와 권위를 지닌 그 한 사람을 만들어내는 게 유일한 목적 아니었던가.

자신들의 제자가 탈락되었다는 게 아쉬웠지만 대의를 위해서는 이귀율을 선택할 수밖에 없다는 걸 모두는 공감했던 것이다.

그래서 선택된 이귀율은 이제 스스로 백도의 하늘이 되는 길을 걸어가기만 하면 되었다.

십 년이면 충분할 것이라고 누구나 생각했고, 이귀율 자신도 그 안에 십천의 정수를 모두 받아들일 수 있노라고 자신했다.

이제 다음 달부터 그는 십천의 공동전인으로서 비밀스런 장소에서 그들의 무공을 배우게 될 것이다.

그러기 전에 풍사곡에 먼저 들르는 걸 사람들은 아무도 의아하게 여기지 않았다.

자신의 고향과 같은 곳 아니던가.

이귀율이 백마에 몸을 싣고 당당하게 돌아왔다.

풍사곡을 지키고 있던 곡 중의 문인들이 모두 나와 그를 반겼다.

하나같이 위서향보다 이귀율이 풍사곡을 대표하여 십천지주의 후보로 나섰던 게 얼마나 다행인지 모른다고 기뻐했다.

그가 드디어 십천지주로 선출됨으로서 곡주의 실종으로 인해 땅에 추락했던 풍사곡의 위용과 의엄을 되찾게 되었기 때문이다.

아니, 오히려 위진평이 있을 때보다 더 높은 위상을 갖게 될 것이다.

고금제일의 고수가 될지도 모를 십천지주를 배출해 낸 곳 아닌가.

백도의 중심지가 이제는 소림사가 아니라 풍사곡이 될 것이고, 이귀율이 그렇게 할 것이라는 기대감으로 들떠서 환호성이 천지를 진동했다.

이귀율을 맞이하는 사람들 속에 위진평의 둘째 제자인 문무

공자(文武公子) 양문창(楊文暢)과 셋째인 용호공자(龍虎公子) 곽서언(郭瑞堰)이 있었음은 물론이다.

풍사삼협(楓沙三俠).

세상이 그렇게 불러주며 강호의 그 많은 후기지수들 중 단연 기대하고 있는 풍사곡의 세 사형제가 오랜만에 한자리에 모였다.

그들은 성대한 연회마저 마다한 채 사부 위진평의 거처인 풍정향거(楓情鄕居)에 모였다.

사람들은 그런 세 사형제의 돈독한 우애에 감탄하며 그들의 시간을 방해하지 않기 위해 풍정향거 주위에는 얼씬거리지도 않았다.

"그동안 곡을 잘 이끌어왔더구나."

이귀율의 말에 양문창이 고개를 숙였다.

사람들 앞에서는 다정하고 격의없는 사형제였으나 지금은 종이 주인을 대하는 듯한 태도였다.

그러나 이귀율은 그것을 조금도 어색하게 여기지 않았고, 곽서언 또한 당연히 그래야 하는 것처럼 지극히 공손한 태도였다.

"그래, 그분께서는 평안하시냐?"

양문창의 얼굴에 어두운 그늘이 드리웠다.

그가 가볍게 한숨을 쉬고 공손히 대답했다.

"변함없으십니다."

"흥, 여전히 나와 너희들을 원망하고 있다는 말이로구나?"

"그건……."

"됐다."

양문창이 무언가 말을 하려고 하자 거만하게 손을 흔들어 가로막은 이귀율이 이번에는 막내인 용호공자 곽서언에게로 눈길을 돌렸다.

곽서언이 움찔하더니 즉시 고개를 숙인다.

"내가 알아보라고 시킨 일은 어찌 되었느냐?"

"서향 사매는 여전히 흑풍객과 동행하고 있는 게 틀림없습니다."

"그래? 흥, 풍사곡이 어떻게 되어가고 있는지 궁금하지도 않은 모양이로군."

이귀율의 입가에 비웃음이 떠올랐다. 그 즉시 방 안의 분위기가 냉랭해진다.

곽서언이 두려워하는 얼굴로 얼른 갈했다.

"두어 달 전에 진현이라는 곳에 잠깐 모습을 나타냈습니다. 그리고 다시 사라졌지요."

제가 알아낸 것에 대하여 스스로 대견해하며 이귀율의 칭찬을 바라는 눈치였다.

이귀율이 곽서언의 어깨를 토닥거려 주었다.

"그래, 잘했다. 그런데 진현이라니?"

곽서언이 우쭐거리며 말했다.

"운귀산 아래 사천과의 경계 지대에 있는 작은 현입니다."

“그럼 그들은 귀주에 있단 말이냐? 아니, 거기는 왜?”

“아마도 사천으로 향하고 있는 중이 아닌가 합니다.”

“사천?”

이귀율이 고개를 갸웃거렸다.

아무리 생각해 봐도 사천에 갈 일이 없었기 때문이다.

하지만 흑풍객의 성향을 생각해 보면 또 가능한 일이기도 했다.

그는 언제나 정처없이 제 발길 내키는 대로 떠도는 사람 아닌가.

‘그러나 이번만큼은 아닐 것이다.’

이귀율은 그렇게 확신했다.

흑풍객의 이번 행로에는 무언가 이유가 있는 게 틀림없다고 여기는 건 그가 위서향을 대동하고 있기 때문이었다.

하지만 여전히 알 수 없기는 마찬가지였다.

만약 그가 사천에서 위진평에 대한 어떤 단서를 찾으려 한다면 그야말로 미친 짓 아닌가.

이귀율이 여전히 비웃음을 띤 채 다시 말했다.

“그래, 진현이라는 곳에서 사매가 무얼 했다더냐?”

“말썽을 일으켰답니다.”

“뭐라고?”

이귀율이 믿을 수 없다는 얼굴을 했다.

곽서언이 의기양양해서 제가 가지고 온 정보를 줄줄 늘어놓았다.

"그것도 혼자서 말입니다. 그곳에 왕가장이라고 하는 세력가가 있는데 그의 호장 무사 두 놈을 죽였고, 두 놈에게 중상을 입혔다더군요."

"사매가 사람을 죽였다고? 허!"

위서향을 잘 아는 이귀율에게는 여전히 믿기 힘든 말이었다.

그녀는 풍사곡의 무공을 배워 대성했지만 누구를 죽이거나 할 만큼 모진 아가씨가 되지 못하는 것이다.

곽서언이 이귀율의 눈치를 힐끔거리며 말을 계속했다.

"그중 한 놈은 제법 이름이 알려진 검객이었더군요. 아마 사형도 들어보셨을 것입니다."

"……?"

"견양검객 당한성이라더군요. 그가 위 사매의 일격을 감당하지 못하고 항복했다는 것입니다."

이귀율이 고개를 갸웃거렸다.

그도 당한성의 이름은 듣고 있었던 것이다.

위서향이 그를 이겼다는 거야 크게 의심스러운 일이 아니었다. 그녀 또한 십천의 후예가 아닌가.

그러나 그녀가 누구를 죽였다는 건 역시 아무리 생각해 보아도 의심스럽기 짝이 없었다.

'그만큼 절박한 일이 있었단 말인가?'

그게 무언지 알 수 없으나 위서향이 그런 짓을 했다면 보통 일이 아닐 것이라고 짐작했다.

이귀율은 그녀가 흑풍객을 따라 사천으로 향하고 있다니 어쩌면 도중에서 만날 수도 있겠다고 생각했다.

자신 또한 사천으로 가야 하기 때문이다.

십천이 지정해 준 대설산(大雪山)의 운봉곡(雲峰谷)으로 가기 위해서였다.

그곳에 들어가면 최소한 삼 년 동안은 바깥에 나올 수 없게 되어 있었다.

삼 년 동안 폐관수련에 정진하고 나서 잠시 휴가를 얻은 다음 다시 돌아가 또 삼 년 폐관수련해야 하는 것이다. 그렇게 세 번을 하도록 계획이 세워져 있었다.

이귀율은 폐관수련에 들어가기 전에 위서향과 흑풍객이 대체 무슨 일을 꾸미고 있는지 밝히는 게 중요한 일이라고 생각했다.

그러자면 역시 위서향을 만나보아야 한다.

다음날 이귀율은 곡 내의 중진들을 소집하고 봉문을 선언했다.

표면적인 이유야 자신이 십천의 무학을 다 배워 복귀할 때까지 풍사곡이 외풍에 휩싸이는 걸 막기 위해서라는 것이었다.

곡주가 없으니 곡 내의 위상에 있어서 이귀율을 누를 자가 없을뿐더러, 그의 말이 맞기도 한 터라 풍사곡의 중진들은 그렇게 할 수밖에 없었다.

게다가 문도들의 우두머리라고 할 수 있는 참마혈도(斬魔血

刀) 엄문탁(嚴門卓)이 곡주의 호위대를 모두 거느리고 강호로 나간 뒤 아직 아무런 연락도 없으니 더욱 기가 죽어 있던 참이었다.

엄문탁은 위진평의 행방을 찾아 지금도 온 세상을 뒤지고 다닐 것이다.

그의 고생을 생각하면 당연히 풍사곡을 봉문하고 근신하면서 곡을 지키고 있어야 하지 않겠는가.

위진평이 있을 때에도 지난 십오 년 동안 봉문 상태를 유지해 오고 있기도 했다.

다시 봉문하게 되면 문도들은 그때처럼 풍사곡 주위에 뿔뿔이 흩어져 살면서 곡주의 호출이 있기를 기다리고 있어야 한다.

지금 봉문한다고 해도 그때처럼 오래 기다리지는 않게 될 것이라고 다들 생각했다.

만에 하나 곡주가 영영 돌아오지 않는다고 해도 이귀율이 십천지주로서의 무공 수련을 끝내고 돌아오면 그때는 그가 곡주가 되어 문호를 다시 개방할 것이기 때문이다.

길어도 십 년을 넘기지 않을 것이다.

그동안만 꾹 참고 있으면 되지 않겠는가.

풍사곡의 중진들은 모두 그런 생각으로 이귀율의 말을 따랐다.

곡주가 실종된 건 커다란 화였지만 이귀율이 금의환향한 건 커다란 복이었다.

화와 복이 함께 찾아온 셈이니 자신들이 할 일은 기다리는 것뿐이라고 생각한 것이다.

그는 여전히 그곳에 있었다.
달리 어디로 갈 수 있는 처지도 아니지 않던가.
검진삼협 위진평.
십천의 일인이면서 풍사곡을 일으켜 세운 사람.
백도의 절대초인 중 한 명으로 꼽혔던 그의 몰골은 지금 짐승의 그것과 다름없었다.
하늘을 찌를 듯하던 위엄과 권위는 비파골을 꿰뚫고 석벽에 박혀 있는 철삭(鐵索)만도 못하게 되었다.
이제 그를 지배하고 있는 것은 바로 그 두 가닥의 철삭이었다.
그것만으로도 지독한데 그는 온몸을 제압당한 채 살아 있어도 산 것이라고 할 수 없는 처지로 전락해 있었다.
발에는 족쇄가 채워졌고 봉두난발한 머리카락과 제멋대로 자라난 수염은 사로잡힌 사나운 짐승을 연상하게 해주었다.
"사부."
자신을 사부라고 부르는 건 이제 그에게 있어서 더없이 큰 모욕이 되었다.
이글거리는 그의 눈빛이 얼굴을 뒤덮은 머리카락을 뚫고 화살처럼 쏘아져 나와 박히는 곳에 이귀율이 있었다.
의젓하고 당당한 것이 과거 위진평 자신의 모습을 보는 것 같았다.

"그간 평안하셨습니까? 제자의 일이 워낙 중요하고 바빴던 지라 자주 찾아뵙지 못했습니다."

평안했느냐고 물었다.

위진평의 쩍쩍 갈라진 입꼬리가 묘하게 비틀어져 올라갔다.

그러나 얼굴이 온통 흘러내린 머리카락으로 가려져 있어서 이귀율은 알아보지 못했다.

그가 공손하게 대할수록 그건 더 큰 모욕을 주기 위함이라 는 걸 모를 위진평이 아니었다.

그래서 그는 한마디도 대꾸하지 않았다.

입을 열어 욕과 저주를 퍼부어주는 것 자체가 자신의 초라 함을 더욱 드러내는 일이기 때문이다.

"제자가 드디어 십천지주로 선출되었습니다. 기뻐해 주소 서."

부드득, 하고 이 가는 소리가 대신 돌아왔지만 이귀율은 여 전히 빙글빙글 웃었다.

"제자에 대해서는 걱정하지 마십시오. 십천지주로서의 임 무에 충실하여 마교의 무리를 이 땅에서 박멸해 버릴 테니까 요."

한껏 거만을 떨며 말한다.

"제가 십천의 무공을 모두 섭렵한다면 이 하늘 아래 저의 삼 초를 받아낼 자가 과연 있을까요? 전대의 절대천마 풍약헌 이 돌아온다고 해도 그때는 제 상대가 되지 못할 것입니다. 하하하—"

의기양양하여 말하는 이귀율의 저 입을 찢어놓았으면 좋겠다.

그러나 위진평은 그런 제 마음을 더욱 지독해지는 눈빛으로 쏟아낼 수 있을 뿐이었다.

그게 미치도록 한스러웠다.

하늘을 원망하지 않을 수 없다.

"과거 사부님은 그에게 패하셨다지요? 그것참 수치스러우셨겠습니다. 그렇지 않습니까?"

저 주둥아리.

빠드득!

위진평의 이 가는 소리가 석실 안에 끔찍하게 울렸다.

이귀율은 오히려 그것을 즐기고 있었다.

그가 여전히 빙글빙글 웃으며 말했다.

"하지만 걱정 마십시오. 제가 마교의 씨를 말려 버리면 그 원한마저 깨끗이 풀어드리는 셈이 될 테니까요. 이만하면 정말 착하고 자랑스러운 제자가 아니겠습니까?"

빠드득!

"풍사곡의 명예에 누가 되는 짓은 결코 하지 않겠노라고 약속드리지요. 사부님의 명성과 가르침이 저로 인해 태양처럼 빛나게 될 것이라고 감히 장담할 수 있습니다."

이귀율이 천천히 다가왔다. 제 사부의 뺨이라도 어루만져 줄 듯하다.

쩔그렁!

그 순간 위진평이 와락 두 손을 뻗었다.

그대로 저놈의 목을 꺾어놓겠다는 강렬한 의지가 넘쳐 났지만 그의 손은 이귀율의 얼굴 앞에서 더 이상 뻗어나가지 못했다.

두 손을 옥죄고 있는 쇠사슬이 거기까지만 허용했기 때문이다.

자신의 눈앞에서 와들와들 떨고 있는 사부의 두 손을 빤히 바라보면서 이귀율이 환하게 웃었다.

슬쩍, 여전히 단전에 깊이 박혀 있는 비수의 손잡이를 건드린다.

"후욱!"

그 순간 위진평이 어금니 사이로 억눌린 신음을 흘리며 몸을 비틀었다.

지독한 고통이 온몸을 관통하고 정수리로 치솟아올랐던 것이다.

"이런, 이런. 제자가 그만 실수를 했군요. 죄송합니다."

마치 모르고 그랬다는 것처럼 호들갑스럽게 말한 이귀율이 다시 물러섰다.

혀를 차며 사부를 바라본다.

"그러게 이처럼 고통스러운 일을 왜 자초하셨습니까? 저를 조금만 믿었더라도 이런 일은 없었을 것 아닙니까? 사부님의 이와 같은 모습을 바라보는 제 마음이 얼마나 아픈지 상상도 못하실 겁니다. 갈가리 찢어지는 이 심정을 말입니다."

마치 이 모든 일이 위진평 본인 때문에 일어난 것이라는 듯 말했다.

"둘째와 막내가 지금처럼 잘 돌보아 드릴 것입니다. 그러니 평안히 지내십시오."

포권하고 돌아서 나가던 이귀율이 문득 걸음을 멈추었다.

"아, 그리고 한 가지 소식을 전해 드릴 게 있습니다."

위진평을 돌아보고 씨익, 웃는다.

"위 사매가 여전히 흑풍객과 붙어 다니고 있는 모양이더군요. 둘째가 가지고 온 소식에 의하면 그녀가 드디어 살인까지 하게 되었답니다."

그 말에 위진평이 번쩍, 고개를 들었다.

"쯧쯧, 어째서 흑풍객에게 그녀를 맡겼습니까? 그가 올바른 사람이 못 된다는 건 사부님도 잘 아시는 바 아닙니까?"

이귀율이 위진평의 속마음을 알아야겠다는 듯 그를 뚫어지게 바라보며 천천히 말했다.

"하지만 너무 걱정 마십시오. 제가 그녀를 되찾아 바른길로 잘 인도할 테니까요. 그녀에게 이제는 저밖에 믿고 의지할 사람이 또 있겠습니까? 결국 제 품에 안기게 될 텐데, 사부님께서 그걸 보지 못하실 테니 참 안타깝군요. 그럼 보중하십시오."

비로소 제 말을 다 했다는 듯 이귀율이 뒤도 돌아보지 않고 석실을 나갔다.

크르릉—

두터운 석벽이 닫히는 걸 보면서 위진평이 비로소 천천히 고개를 들었다.

광대뼈가 드러나도록 깡마른 얼굴에 수염이 가득하고, 눈빛이 살벌해져 있어서 전혀 다른 사람인 것 같았다.

"흐흐흐, 결코 네 뜻대로 되지 않을 것이다."

잠시 석벽을 노려보던 위진평이 음소를 흘렸다.

십천의 천주들이 저 한 놈에게 농락당하고 있으면서도 까맣게 그 사실을 모르고 있다는 게 걱정스러우면서 한심하게 여겨지기도 했다.

그건 그만큼 이귀율의 연기가 기막히다는 것 아니겠는가. 그의 두 얼굴을 아는 사람이 아무도 없다는 게 원통하기만 하다.

"휴— 백도에서는 아무것도 모르고 세상을 혼란하게 할 한 명의 마귀를 만들어내고 있구나."

위진평의 탄식이 텅 빈 석실에 공허하게 울려 퍼졌다.

이대로 둔다면 이귀율은 십 년 뒤에 절대적인 권한을 행사하는 대마왕이 될 게 틀림없다고 믿었다.

아무도 그를 막을 자가 없을 것이다.

십천은 백도의 수호사자를 탄생시키기 위해 심혈을 기울였는데 절대천마 풍약헌과 비교할 수 없는 대재앙을 만들어낸 결과가 되는 것이다.

위진평은 그 생각에 눈앞이 깜깜해지기도 했다.

어떻게 하든 저놈을 막을 방법을 찾아야 한다는 절박한 심
정이 되지 않을 수 없다.

쩔그렁—

그가 움직이자 온몸을 칭칭 감고 있는 쇠사슬이 둔탁한 소
리를 냈다.

위진평이 이를 악물었다.

"반드시 이곳에서 나가고 말 것이다. 그래서 내 손으로 네놈
을 갈가리 찢어 죽이고 말 테다."

                    *   *   *

그 무렵 흑풍객 장하륜은 어느덧 사천의 경계를 넘어서고
있었다.

진현에서의 일이 있은 이후 위서향은 말이 없어졌다.

그저 묵묵히 흑풍객과 풍진걸개의 뒤를 따를 뿐이다.

흑풍객은 그런 그녀에게 아무 말도 하지 않았다.

그들은 유람이라도 나온 사람처럼 천천히 걸어 닷새 뒤에
율진(律津)이라는 작은 마을에 이르렀다.

사천과 귀주의 경계를 이루는 벽하(碧河)를 건너기 위해서
는 반드시 거쳐야 하는 곳이다.

날이 저물어가므로 율진 초입에 있는 허름한 객잔에 방을
정하고 주청으로 나와 저녁 식사를 할 때였다.

바깥이 시끌벅적해졌다.

　고함 소리도 들려오고 비아냥거리는 웃음소리도 크게 들렸다.

　흑풍객은 저와 상관없는 일이므로 관심도 없었고, 위서향은 내내 어두운 얼굴이 되어서 음식을 깨작거리고 있을 뿐이었다.

　가만히 귀를 기울여 바깥의 소리를 듣고 있던 풍진걸개가 젓가락을 내려놓고 껄껄 웃었다.

　"으허허허, 세상은 참 공평하단 말이야. 안 그러냐?"

　소채를 우물거리고 있는 흑풍객을 찝쩍거린다.

　"생김새와 옷차림이 중요할 뿐 그 마음속에 들어 있는 건 조금도 중요하게 여기지 않지. 제 눈으로 보고 귀로 듣는 걸 판단의 기준으로 삼을 뿐이다. 그러니 거지는 언제, 누가 봐도 거지이고, 귀공자는 귀공자일 수밖에. 그게 다 제 생긴 꼴대로 대접받는 것인데 왕후장상도 이 기준에서 벗어날 수 없으니 이 어찌 공평한 세상이 아니랴. 그렇지 않으냐?"

　"흥."

　흑풍객이 코웃음을 쳤다. 풍진걸개를 거들떠보지도 않고 여전히 소채를 집어 우물거리며 말한다.

　"태생이 거지인데 비단옷을 입고 머리에 건을 쓴다고 해서 갑자기 귀공자가 될까?"

　"뭐라고? 태생이 거지라니? 어허, 이런 고얀 놈을 보았나. 이놈아, 하늘이 인간을 낼 때는 다 똑같이 만들어낸 거야. 네놈도 어미 뱃속에서 나왔을 때는 벌거벗은 알몸뚱이였다."

　이제 밖에서는 사람들이 소리질러 대고, 안에서는 풍진걸개가 소리질러 대는 꼴이 되었다.

　주청에 있는 손님들이 죄다 눈살을 찌푸리고 힐끔거렸지만 흑풍객의 차갑고 도도해 보이는 모습에 주눅이 들어 감히 불평하는 자가 없었다.

　바깥의 소란이 극에 이른가 싶더니 우당탕거리는 소리가 요란하게 나면서 사람들이 안으로 쓰러졌고, 다섯 명이나 되는 거지가 그들을 짓밟으며 우르르 몰려들었다.

　중년의 곱사둥이와 멀쩡하게 생긴 장년의 거지들이었다.

　중년의 곱사둥이 거지가 덩실덩실 곱사춤을 추며 선창을 했다. 다른 거지들이 그 뒤를 이어 부른다.

　"하하하— 하늘이 사람을 낼 때에 어찌 잘난 놈과 못난 놈, 부자와 가난뱅이를 구분하여 냈겠는가?"

　"본래 하늘은 공평하고 세상은 그것을 받아들이는데 오직 사람들만 그렇지 못하구나!"

　"부자가 보면 거지 아닌 자가 어디 있으며, 왕후장상이 보면 비천하지 않은 자가 어디 있단 말이냐?"

　"술이 있고 고기가 있으니 빈부귀천이 무슨 소용이랴! 눈은 고기를 보라고 만들어진 것이며 코는 술 냄새를 맡으라고 만들어진 것 아니겠는가!"

　"여기 있다!"

　다섯 거지가 발을 구르고 손뼉을 치거나, 차고 있는 표주박을 마구 두드리며 한목소리로 노래를 불러대는 통에 이제 주청 안은 완전히 난장판이 되어버렸다.

그중 마지막 거지가 크게 외치더니 무리들과 함께 우르르 달려와 풍진걸개 앞에 털썩 꿇어 엎드렸다.

중년의 곱사등이 거지가 역시 크게 선창하자 나머지 네 명의 거지가 한목소리로 외쳤다.

"비천한 거지들이 거지 신선을 뵈옵니다!"

"부디 불쌍히 여기시어 적선을 베풀어줍시오!"

그 소란에 장하륜이 잔뜩 눈살을 찌푸리고 기어이 젓가락을 내려놓았다.

위서향은 놀란 눈으로 거지들을 바라보고 풍진걸개를 바라보며 어찌할 바를 모른다.

풍진걸개가 술과 고기가 묻어 지저분해진 수염을 쓰다듬으며 껄껄 웃었다.

"으허허— 그렇지. 술과 고기가 있는데 거지가 없으면 그게 어디 어울리겠느냐? 그야말로 젓가락 빠진 밥상이요 다리 하나 없는 통닭이지. 자, 자, 이리 앉아라."

풍진걸개의 말에 거지들이 히히 웃으며 탁자에 비집고 앉았다.

고약한 냄새가 진동을 한다.

기어이 흑풍객과 위서향은 더 버티지 못하고 일어서고 말았다.

그들에게 자리를 내주고 다른 탁자로 쫓겨가는 처지가 되고만 것이다.

“저들도 역시 개방의 인물들이었군요?”

위서향이 소리 죽여 묻자 풍진걸개가 고개를 끄덕였다.

“저 중년의 밉상인 거지 놈이 사천 분타의 타주인 소소독타(笑笑禿駝) 가양추(可梁推)라는 놈이지. 나머지 놈들은 꼴로 보아서 죄다 그 수하들인 것 같구나.”

“아! 그가 소소독타 가양추였군요?”

위서향이 깜짝 놀라 곱사등이 거지를 다시 바라보았다.

그의 명성은 오래전부터 듣고 있었지만 이처럼 직접 보기는 처음인 것이다.

개방의 사천 분타주라면 함부로 돌아다닐 만한 신분이 아니었다.

무림에서 개방이 차지하는 명성과 위치로 보아 어딜 가든 어지간한 방회나 문파의 장로 급 대우를 받는 높은 신분인 것이다.

성도에 있어야 할 그가 이 먼 곳까지 손수 나온 걸로 보아 풍진걸개가 이리로 온다는 기별을 벌써 받은 모양이었다.

그렇다면 그가 어디에 있든지 개방의 이목이 따라다닌다는 것이고, 그의 의중이 그대로 개방의 문도들에게 전해진다는 것이다.

그건 곧 강호의 모든 일들이 아무도 모르는 사이에 풍진걸개의 귀에 들어간다는 것이기도 하고, 풍진걸개의 명령이 강호 구석구석의 거지들에게 즉시 하달된다는 것이기도 했다.

천하에 두루 퍼져 있는 개방의 조직력과 정보력을 감안했을 때 충분히 짐작하고도 남을 일이다.

　개방의 힘은 바로 그와 같은 정보력과 신속한 전달 능력에 있지 않던가.

　전서구를 날리는 것보다 그들의 힘을 빌리는 게 훨씬 빠르고 정확하다는 게 모두가 인정하는 개방만의 능력이었다.

　"그런데 그들이 왜 이처럼 떼거지로 몰려왔을까요?"

　말을 해놓고 위서향이 풋, 하고 웃음을 터뜨렸다.

　이미 떼를 이루어 쳐들어온 거지들을 두고 다시 떼거지라고 했으니 스스로 생각하기에도 우스웠던 것이다.

　흑풍객이 우리와는 상관없는 일이라는 듯 무심하게 말했다.

　"중요한 보고 사항이 있는 모양이지."

第十章
풍진걸개(風塵乞丐)의 부탁

마룡의
후예

“그들이 뭐라고 했을까요?”

위서향의 궁금증은 끝이 없는 것 같았다.

강호에 나와 개방의 무리와 처음 접해보는 것이니 그럴 만
도 했지만 흑풍객에게는 귀찮고 성가신 일이었다.

“빌어먹을 얘기들을 했겠지. 거지들이니까.”

퉁명스런 말에 위서향이 참지 못하고 까르르 웃었다.

갑작스럽게 터져 나온 그녀의 맑고 낭랑한 웃음소리에 산새
들이 지저귐을 뚝, 그쳤고 바람마저 잠잠해졌다.

“응? 지금 나에게 한 말이냐?”

뒤에서 늘쩡거리며 따라오고 있던 풍진걸개가 눈을 부릅떴
으나 흑풍객은 태연했다.

“서향이가 궁금해하기에 해준 말이라오. 양 선배가 개방의 친구들과 중요한 얘기를 했다고 했소이다. 빌어먹고 사는 얘기.”

“흘흘, 맞는 말이다. 하지만 가끔씩은 거지들도 웃기는 말을 하면서 산단다.”

“홍, 믿어지지 않는구려.”

“흘흘, 지옥곡이 사천에 없다는 말이 그래, 웃기지 않는단 말이냐?”

“응?”

풍진걸개의 말에 흑풍객이 걸음을 멈추었다.

“아셨소?”

“흘흘, 말했잖아. 네놈이 어디에 있든, 어디로 가든 내가 마음만 먹으면 죄다 알아낼 수 있다고 말이다.”

“지옥곡?”

위서향이 어리둥절한 얼굴을 했다. 처음 들어보는 말 아닌가.

흑풍객은 바로 그곳을 찾아가고 있었던 모양이라는 짐작이 갔다. 그리고 그곳이 사천 어디엔가 있다고 믿은 것 같은데 풍진걸개는 그게 아니라고 했다.

흑풍객의 안색이 심각해졌다.

“양 선배, 좀 더 자세히 말해주겠소?”

“웃기는 얘기인데 왜 웃지 않는 거냐?”

“양 선배!”

"왜? 그 얘기가 별로 웃기지 않았던 모양이로구나?"

흑풍객의 비꼬던 말에 잔뜩 삐쳐 있는 게 틀림없었다.

늙은 거지의 그런 모습까지가 위서향에게는 웃음을 자아내게 하는 일이었다.

그녀가 킥킥거리자 풍진걸개가 매우 좋아했다.

"저 봐라. 저 계집애는 아주 우스워하지 않느냐? 그러니 거지도 웃기는 얘기를 가끔은 한다는 게 닿는 말인 거야."

"양 선배, 선배는 내가 지옥곡을 찾아간다는 걸 이제 알았으니 내가 무엇 때문에 그곳으로 가려는 건지도 알겠구려?"

"열 길 물속은 알아도 한 길 사람 속은 알 수 없다지 않느냐? 내가 옥황상제와 통하는 사이라고 해도 더더구나 네놈의 그 음흉한 속은 알 수가 없지."

"선배, 이건 중요한 일이오."

흑풍객의 안색이 더욱 심각해졌다.

그럴수록 풍진걸개의 주름살 가득한 꾀죄죄한 얼굴에는 재미있어하는 기색만 떠올랐다.

"내 부탁 하나를 들어주면 내가 들은 말을 전해주지. 어떠냐?"

"끄응—"

흑풍객이 어쩔 수 없다는 듯 된 숨을 내쉬었다.

'사람이 나이가 들수록 애가 되어간다더니 이 늙은 거지에게는 그게 딱 맞는 말이구나.'

흑풍객이 어깨를 들썩이고 나서 다시 한숨을 쉬었다.

“말해보시오. 들어보고 결정하리다.”

“뭐 별로 어려운 부탁도 아니야. 내 대신 담을 좀 넘어주었으면 한다. 내가 이 나이에 남의 집 담이나 넘어 드나들면 사람들이 노망이 났다고 하지 않겠느냐?”

“뭐요? 아니, 나더러 도둑질을 하란 말씀이오?”

“흘흘, 눈치가 빠른 녀석이구나. 나는 그저 담을 한 번 넘어갔다 오라고 했을 뿐인데 벌써 그것까지 생각해 내니 말이다.”

“허어—”

흑풍객이 어이없다는 얼굴로 풍진걸개를 빤히 바라보았다.

누가 십천의 천주 중 한 명인 자기에게 그런 일을 시킬 수 있을 것인가.

아니, 흑풍객이 어찌 남의 집 담을 뛰어넘을 수 있을 것인가.

갖고 싶은 게 있다면 당당히 찾아가서 내놓으라고 하면 그만이다.

‘하지만 그게 아니다.’

흑풍객 장하륜은 어쩌면 농담하듯이 한 저 풍진걸개의 말속에 깊은 뜻이 있을 것이라고 생각했다.

‘나에게 담을 넘어 들어가서 가져오라고 한 건 그만큼 위험하다는 뜻이겠지?’

그게 타당한 추측이 될 텐데, 그걸 받아들이자니 여간 곤혹스러워지는 게 아니었다.

‘이 넓은 천하에 과연 양 선배와 나를 곤란하게 할 자가 있단 말인가? 양 선배가 탐낼 만한 물건이 있단 말인가?

수많은 의문이 꼬리에 꼬리를 물고 이어졌다.

호기심이 강하게 발동하기도 한 것이어서 흑풍객은 풍진걸개의 술수에 넘어간다는 걸 알면서도 이제는 거절할 수 없게 되었다.

"좋소, 까짓 이 흑풍객 장하륜이 양상군자 노릇 한번 해드리리다."

"으하하하, 그것참 볼만할 거야. 십천의 천주라고 거들먹거리는 데에만 이골이 난 다른 놈들을 죄다 불러와서 구경시켜준다면 기절을 하겠지?"

생각만 해도 재미있겠다는 듯 풍진걸개가 손뼉을 치며 웃어댔다.

그럴수록 흑풍객의 얼굴은 벌레 씹은 것처럼 일그러질 뿐이다.

"대체 그 안에서 무얼 가져오라는 거요?"

"칼 한 자루."

"뭐요?"

흑풍객이 더욱 어이없다는 듯 혀를 찼다.

"쯧쯧, 양 선배는 정말 노망이 든 모양이구려. 고작 칼 한 자루 때문에 담을 넘어 들어가라니?"

"세상에 둘도 없는 보물이니라."

"그것이 아무리 보도라고 할지라도 양 선배가 그걸 어디에 쓰겠소?"

풍진걸개 양위허는 깊고 강한 신공과 권장법, 그리고 봉법으로 천하제일의 반열에 오른 지 오래된 사람이었다.

평생 병장기를 손에 쥐어본 적이 없다는 걸 누구나 다 안다.

그런 풍진걸개가 갑자기 칼 한 자루에 욕심을 내다니 이해할 수 없는 일이었다.

그것이 아무리 보도(寶刀)라고 해도 그렇다.

초인이라 불러도 마땅한 양위허 정도 되는 고수라면 녹슨 부엌칼을 쥔다고 해도 천하의 그 어떤 보도보다 무서울 것이다.

풍진걸개가 지그시 흑풍객을 바라보았다.

"그래서, 할 거야 말 거야? 지옥곡이 어떻게 되었는지 궁금하지 않은 거냐?"

"제기랄."

"제가 대신 할 걸 그랬나 봐요."

위서향이 불안하고 초조한 얼굴이 되어 말하자 풍진걸개가 껄껄 웃었다.

"왜? 그 녀석이 불쌍해진 거냐?"

"좀 그렇잖아요. 천하의 흑풍객 장 숙부에게 도둑질을 시키다니……."

"히히, 걱정할 것 없느니라. 그 녀석은 그런 거에 신경 쓰지 않으니까. 원래 제멋대로 살고 제멋대로 죽이고 살리는 놈인데 도둑질이 대수이겠느냐? 그건 그렇고……."

풍진걸개가 무언가 음흉한 속내를 감춘 게슴츠레한 눈으로 위서향을 힐끔거렸다.

"왜요?"

불안해진 위서향이 째려보지만 개의치 않는다.

"자꾸 그렇게 보지 마세요. 이상해요."

"왜? 가슴이 설레고 그러느냐?"

"흥!"

"히히, 걱정 마라. 늙어 꼬부라진 거지인데 아무리 꽃이 예쁘고 향기롭다고 한들 마음이 싱숭생숭해질 일이 있겠느냐?"

"그럼 뭐예요?"

"꽃과 나비가 어울려 서로 희롱하고 기뻐하는 걸 훔쳐보는 건 좋아하지."

"쳇, 이제 보니 변태적인 취미를 가지고 있는 이상한 분이셨군요?"

위서향이 부르르 몸을 떨었다.

풍진걸개의 느끼한 표정을 보고 말을 듣자 온몸에 닭살이 돋았던 것이다.

풍진걸개가 여전히 느물거리며 슬그머니 엉덩이를 옮겨 다가앉는다.

기겁을 한 위서향이 뿔뿔 엉덩이를 밀며 떨어져 앉지만 더 갈 데가 없었다.

낡고 좁은 사당 안이라 몇 번 물러앉자 금방 차가운 회벽에 닿았던 것이다.

밖에는 여전히 다섯 명의 거지가 죽치고 앉아서 모닥불에 산 꿩을 구우며 시시덕거리고 있었다.

위서향은 좁은 사당 안에 풍진걸개와 둘이 있다는 걸 의식하지 못했는데 이제는 그렇지 않았다.

여간 거북스럽고 께름칙한 게 아니다.

"왜 자꾸 피하는 게냐? 너는 설마 나를 남자로 의식하는 건 아니겠지?"

"흥, 누가 늙어 꼬부라진 거지를 남자로 본단 말이에요? 쓸데없는 소리 자꾸 하면 밖으로 나가겠어욧!"

위서향이 단단히 토라져서 매섭게 말하지만 풍진걸개는 그 것마저 귀여워 죽겠다는 듯 온몸을 배배 꼬기까지 했다.

"걱정 마라. 내가 아무리 노망이 들었고, 주책바가지라고 해도 설마 여기서 너를 자빠뜨리겠느냐? 비단금침 위라면 또 모르지."

"엑, 끔찍해라."

위서향이 토악질을 할 듯이 헛구역질을 했다.

그녀를 놀리는 재미에 푹 빠진 풍진걸개가 히히, 웃고 여전히 은근하게 말했다.

"그런데 말이다. 그 녀석과는 대체 언제 만날 거냐? 만나면 뭐 하고 놀아? 숙맥들처럼 그냥 멀뚱멀뚱 바라보고 있지만은 않겠지?"

“대체 무슨 말이세요?”

“다 알면서 내숭은…….”

그 나이에 재롱이라도 떨 듯 눈을 흘기는 풍진걸개의 모습
이 더욱 끔찍해 보이는 것이어서 위서향이 고개를 홱, 돌려 벽
을 바라보았다.

“그 녀석과 만나기로 약속 같은 것도 안 했어?”

“누가 누굴 만난다는 거예욧!”

기어이 위서향이 다시 빽, 소리쳤다.

풍진걸개가 음흉스럽게 바라본다.

“왜 그 멍청한 놈 있잖으냐. 네가 좋아한다면서? 그놈도 널
좋아해? 그럼 서로 만날 약속 같은 걸 했겠네. 안 그러냐?”

“아!”

위서향이 비로소 풍진걸개의 말뜻을 짐작하고 탄성을 터뜨
렸다.

“이제 보니 단운도 그를 말하는 것이군요?”

“흘흘, 그렇지, 그래. 이제 생각이 나는 모양이구나. 그럼 말
해봐라. 언제, 어디서 그놈과 만나기로 했어?”

“그런 거 없어요.”

“에이, 그럴 리가…… 그러지 말그 나한테만 살짝 말해주렴.
절대로 네 아비에게 네가 그놈과 몰래 만나고 다니더라고 말
해주지 않을 테니까. 약속하지.”

“응?”

위서향이 눈을 크게 떴다. 풍진걸개의 추하고 꾀죄죄한 얼

굴을 뚫어지게 바라본다.

"아버지라고요? 그럼 걸개께서는 제 아버지가 어디에 계신지 알고 있단 말씀인가요?"

"어허, 내가 언제 그렇게 말했느냐?"

풍진걸개가 눈을 부라렸지만 위서향은 그가 어쩌면 아버지의 행방에 대해 짐작하고 있거나, 아니면 실종에 대한 단서라도 가지고 있는지 모른다는 느낌을 강하게 받았다.

마음이 더욱 조급해진다.

"말씀해 주세요. 아버지가 지금 어디에 계신 거지요?"

"몰라."

풍진걸개의 표정이 능청스러워졌다.

"내가 그걸 어떻게 아느냐? 평소에도 네 아비인 위 가 놈은 고약해서 나와 상대도 안 했는데 제가 이제부터 어디어디로 갈 테니까 그리 알라고 말해주고 사라졌겠느냐?"

"양 백부님, 그러지 말고 제발 알고 계신 걸 말씀해 주세요."

위서향이 언제 그를 피했었느냐는 듯 오히려 찰싹 달라붙으며 팔까지 붙들고 흔들어댔다.

풍진걸개가 실눈을 뜨고 흐뭇한 표정이 되어 바라본다.

"히히, 그럴까?"

"제발. 그 은혜는 잊지 않을게요."

"그럼 먼저 말해보렴. 단운도라는 멍청한 녀석과는 언제 어디서 만나기로 했어?"

“그런 거 없어요.”

“에이, 설마.”

“정말이에요. 그는 쫓기는 몸이라 마음이 급했고, 저 또한 장 숙부님과 함께 있어서 많은 말을 할 수가 없었는걸요.”

“정말이냐? 그럼 그냥 민숭민숭하게 헤어졌어? 다시 만날 약속도 없이?”

“그렇답니다.”

“어허, 그런 멍청하고 고약하고 괘씸한 놈을 봤나. 아니, 이렇게 예쁘고 귀여운 것에게 말 한마디 해주는 게 아까워서 아무 말도 안 하고 그냥 사라져? 내 이놈을 그냥!”

당장 쫓아가 두들겨 패주겠다는 듯 팔소매를 둥둥 걷어붙인다.

“양 백부님, 제발……..”

그가 엉뚱한 데로 말을 돌리자 위서향이 더욱 애가 타서 풍진걸개 양위허의 팔을 마구 흔들어댔다.

“나도 몰라.”

풍진걸개가 딱 잡아뗐다.

“예?”

“하지만 언젠가는 알 수 있게 되겠지 뭐.”

위서향이 매섭게 노려보았다.

“지금 저를 놀리신 건가요?”

“그런 건 아니고, 이렇게 하자.”

“뭘요?”

“네가 그놈을 불러내. 그래서 나와 만나게 해준다면 나도 네
아비에 대한 일을 아는 대로 다 말해주마. 아마 그때쯤이면 나
는 지금보다 훨씬 더 많은 걸 알고 있을지도 몰라.”

위서향은 제가 놀림을 당하고 있다고 생각했다.

풍진걸개에 대한 야속함과 미움이 커져서 “흥!” 하고 코웃
음을 쳤다.

“정말 아무 약속 같은 것도 안 했어?”

“그렇다니까요!”

신경질적으로 소리치지만 풍진걸개는 히히, 웃기만 했다.

“그럼 내가 방법을 하나 가르쳐 주랴?”

“흥, 마음대로 하세요.”

이제 더 상관하지 않겠다는 듯 홱, 하고 매몰차게 등을 돌려
버린다.

풍진걸개가 아쉽다는 듯 쓴 입맛을 몇 번 다시더니 느긋하
게 말했다.

“자고로 꽃은 가만히 있어도 벌과 나비가 찾아오게 마련이
니라. 꽃은 그저 내가 여기 있다네, 하고 향기만 솔솔 풍겨주고
있으면 돼.”

“흥.”

“뭐, 꽃도 꽃 나름이겠지만 말이다. 늙고 시들어빠진 꽃이야
누가 거들떠보겠어? 제가 한때 아무리 요염하고 향기로운 복
사꽃이었다고 한들 그때 가서는 땅에 떨어져 빗물에 쓸려가기
를 기다릴 수밖에. 에휴, 처량한 신세지 뭐. 그러니 꽃이나 사

람이나 그저 젊고 탱탱할 때 인생을 즐겨야 하는 게야. 에
휴―”

　처량한 얼굴이 되어 거푸 한숨을 쉬지만 위서향은 그런 풍
진걸개가 조금도 안쓰럽지 않았다.

　‘이 늙은 거지는 정말 노망이 들었나 보다. 어째서 말을 하
면 할수록 자꾸만 엉뚱한 데로 흘러간담. 쳇.

　속으로 그렇게 투덜거리는 건 혹시라도 풍진걸개에게서 무
언가 좋은 방법이라도 듣게 되지 않을까, 하는 기대감 때문이
었다.

　단운도를 만나 그와 함께 있을 수 있다면 지금의 외롭고 처
량한 처지에 큰 위안이 될 것이라는 생각에 그가 더욱 그리워
졌다.

　게다가 그를 만나야만 풍진걸개가 아버지에 대한 정보를 말
해줄 것 같으니 더욱 그렇다.

　풍진걸개가 은근한 얼굴로 위서향의 옆구리를 쿡, 쿡, 찔렀
다.

　“어때? 그놈을 만날 수 있는 방법을 가르쳐 줄까?”

　다시 제 본래의 말로 돌아왔다. 위서향은 속으로는 반가웠
지만 여전히 토라진 얼굴로 쏘아붙였다.

　“흥, 말씀을 하거나 말거나. 양 백부님 마음이니 마음대로
하세요.”

　“너는 상관없단 말이냐?”

　“만날 때가 되면 절로 만나지겠고, 아니면 마는 거지요 뭐.”

"흘흘, 그렇지 않을걸? 너는 지금 그놈이 보고 싶어서 안달을 하고 있지? 귀신은 속여도 나는 못 속이느니라."

"쳇, 마음대로 생각하세요. 누가 말리겠어요."

"에휴, 이 작은 아가씨가 나를 무시하고 구박할 줄이야. 어허, 늙으면 누구나 이렇게 괄시를 받게 되는 거니 이 어찌 서럽지 않으랴. 그저 사람은 늙으면 추한 꼴 보이기 전에 얼른 죽어야 하는 게야. 에휴―"

정말 서럽고 야속한 일을 당했다는 듯 거푸 땅이 꺼질 듯 한숨을 쉰다.

그런 노걸개에 대한 측은한 마음이 들기도 해서 위서향이 슬그머니 그를 돌아보았다.

"이 세상이 아무리 넓다고 해도 누가 감히 십천의 우두머리인 양 백부님을 괄시하고 구박할 수 있겠어요? 그러니 너무 낙심 마세요."

"그래?"

양위허의 얼굴이 금방 아이처럼 밝아졌다. 어깨를 들썩이며 좋아한다.

"역시 그렇겠지? 아직은 이 양위허가 쓸모가 있겠지?"

"그래요. 그러니 이제 그만 놀리고 말씀해 주세요."

"뭘 말이냐?"

"제가 단운도를 만날 수 있는 방법 말이에요. 그래야 양 백부님께서 제 아버지의 행방에 대한 단서를 말씀해 주실 테니 저는 마음이 급해서 미칠 지경이랍니다."

“흘흘, 이제야 본심을 토로하는구나. 좋다, 좋아. 그럼 내 말을 잘 들어라. 커흠.”

“귀를 씻고 새겨듣지요.”

“가만, 그런데 아까 내가 뭐라고 했더라…….”

“예?”

“아, 그래, 꽃. 그 꽃 말이다. 꽃은 가만히 있어도 벌과 나비가 꾀어들게 마련이라고 하지 않았더냐?”

“그러셨지요.”

“바로 그거야. 너는 그저 가만히 있으면 된다. 그 멍청한 놈이 네 향기를 맡고 제 발로 찾아올 테니까.”

“예?”

“그러자면 그냥 가만히 있기만 해서는 안 되겠지?”

가만히 있으면 된다더니 금방 가만히 있어서는 안 된다고 한다.

위서향은 사뭇 헷갈렸다.

“그 말씀은…….”

“어허, 이렇게 말귀를 못 알아들어서야. 향기를 사방에 날려야 하지 않겠느냔 말이다. 그래야 그놈이 냄새를 맡고 찾아올 거 아냐. 이제 알아들어?”

“아직 모르겠어요.”

“쯧쯧, 순진한 건지 멍청한 건지 모르겠구나. 아니, 멍청한 게 맞아. 흑풍객 그놈을 따라다니면서 못된 성질만 닮아간 게 아니라 멍청한 것도 배운 거야.”

풍진걸개의 말이 또 엉뚱한 데로 샐 기미가 보이자 위서향이 발끈 화를 냈다.

"아 도대체 그 방법이 뭐냐니까욧!"

"아, 그거? 흘흘, 쉬운 거야. 어디를 가든 사람들이 풍사곡의 위서향이 여기 있다, 하고 떠들어대도록 하는 거지. 그러면 온 세상에 네 이름이 금방 퍼질 것 아니겠느냐? 그게 바로 바람이 향기를 멀리 실어다 준다는 것이니라."

"무슨 말씀인지 알겠어요. 그렇게 되려면 그럼 제가 뭘 어떻게 해야 하나요?"

"이런 제기랄. 너는 생긴 것만 예쁘고 귀여웠지 정말 멍청하구나. 일일이 다 가르쳐 줘야 하는 거라면 귀찮아서 어떻게 데리고 살아? 장차 누가 네 서방이 될지 그놈의 신세가 불을 보듯 뻔히 보이는구나. 그놈이 불쌍하지. 에휴―"

'흥, 누가 늙은 거지 당신더러 데리고 살아달라고 했어? 별 걱정을 다하고 있네. 그러는 당신 앞가림이나 잘 하셔.'

위서향이 속으로 한껏 투덜댔지만 얼굴에는 생글생글 웃음을 띠고 있었다.

풍진걸개가 눈을 부릅뜨고 그런 위서향을 째려보았다.

"응? 뭐라고? 지금 내 욕을 한 것이냐?"

"아이, 양 백부님, 그럴 리가요. 제가 감히 어떻게…… 절대로 그렇지 않으니 의심하지 마세요."

위서향이 해실해실 웃으며 풍진걸개의 옷소매를 잡고 흔들었다.

한껏 애교를 떨면서 속으로는, '이 늙은 거지가 정말 눈치 하나는 귀신같단 말이야? 내가 속으로 한 말을 어떻게 들었담? 흥, 별일이야, 정말.' 하고 혀를 내둘렀다.

커흠, 하고 헛기침을 한 풍진걸개가 한껏 위서향의 애교를 즐기면서 느긋하고 의젓하게 말했다.

"가는 데마다 말썽을 부려. 그러면 온 천하에 네 이름이 진동하게 될 것 아니겠느냐?"

"쳇, 풍사곡의 위서향이 생긴 것과 다르게 악질이고 상종 못할 못된 계집애라고 말이지요?"

"흘흘, 그게 아니라 풍사곡의 위 아가씨가 역시 생긴 대로 논다고 하겠지."

"뭐욧!"

위서향이 잡아먹을 듯 노려보지만 풍진걸개는 실실 웃기만 했다.

"그게 싫으면 좋은 일을 하던가. 그러면 마찬가지로 다들 떠들어멜 것 아니겠느냐?"

"위서향이 생긴 것과 다르게 논다고 말이지요?"

"그렇지. 흘흘흘― 그러면 네 이름을 멀리서도 듣고 그놈이 그리움에 밤잠마저 생략하고 미친놈처럼 달려올 것 아니겠느냐?"

위서향이 가만히 고개를 끄덕이는데 풍진걸개가 혼잣말처럼 중얼거렸다.

"물론 향기가 나는 꽃에 죄다 나비만 꾀어드는 건 아니지만 말이다. 진드기라던가 흉측한 벌레들도 꾀어들지. 하지만 그거야 뭐, 꽃 제 사정이지 내 알 바 아니거든.”

＊　　　＊　　　＊

　밤이 깊어가고 있었다.

　산중의 버려진 사당 안에서 위서향과 풍진걸개가 그렇게 서로를 희롱하며 노닥거리고 있을 때 흑풍객은 그곳으로부터 이백여 리나 떨어진 횡목현에 와 있었다.

　두어 시진 만에 그 거리를 주파했는데, 평지도 아니고 산을 가로지르고 골짜기를 뛰어 건너며 온 것이니 그의 경신술이 이미 신선의 경지를 넘본다고 해도 과언이 아니리라.

　넘치는 내공에도 한계가 있게 마련인 듯, 횡목현에 들어선 흑풍객의 낯빛은 창백해져 있었다.

　비록 고르게 숨을 쉬고 있기는 하지만 기력이 거의 탈진되어 기진맥진한 상태나 다름없었다.

　그도 그럴 것이, 몇 개의 산봉우리를 거침없이 치달렸고, 폭넓은 개울을 새처럼 훌훌 날아 건넜으며, 몸을 솟구쳐 나무 꼭대기를 평지처럼 밟으며 달려왔던 것이다. 그것도 한 번도 쉬지 않은 채 그렇게 했다.

　누가 그런 흑풍객의 모습을 보았다면 저기 신선이 구름을 타고 간다고 했을 것이다.

　늦은 시간에 객잔에 찾아든 흑풍객은 방에 들어가자마자 가

부좌를 틀고 앉아 운기조식에 빠져들었다.

그가 눈을 떴을 때는 아침빛이 희미하게 비쳐들 무렵이었다.

날이 밝으면 어젯밤처럼 경공신법을 발휘할 수가 없다.

일찍 밖으로 나온 흑풍객이 사방을 두리번거렸다.

귀주를 거쳐 운남과 사천을 오가는 상인들이 수시로 왕래하는 곳인지라 거리에는 이른 시간임에도 벌써 행인들이 꽤 나와 있었다.

저쪽에서 순라를 돌고 돌아가는 관병 몇 명이 보였다.

그중 장령으로 보이는 자가 타고 있는 건장한 호마에 흑풍객의 눈길이 멎었다.

다가간 그가 훌쩍, 뛰어오르더니 한 발로 장령을 차 떨어뜨리고 고삐를 낚아챘다.

"이랴!"

배를 박차자 놀란 말이 크게 부르짖더니 미친 듯 질주해 갔다.

땅에 떨어져 뒹굴던 장령과 병사들은 어안이 벙벙하기만 했다.

관병의 말을 빼앗아 타고 달아나는 놈이 있으리라고는 상상도 해보지 못한 터였던 것이다.

겨우 정신을 차렸을 때 흑풍객은 이미 보이지 않고, 골목 모퉁이에서 급박한 말발굽 소리만 들려왔다. 그것도 빠르게 멀어져 이내 들리지 않게 되었을 때에야 장령이 발을 구르며 소리쳤다.

“저놈 잡아라!”

말을 빼앗아 탄 흑풍객은 질풍처럼 달렸다.

저만큼 앞에 성병들이 이제야 성문을 열기 위해 나와 섰고, 그 앞에는 일찍 길을 떠나기 위해 나선 사람들이 줄지어 서 있었다.

흑풍객이 질풍처럼 그곳으로 말을 몰아갔다.

놀란 사람들이 소리를 지르며 이리저리 흩어지는 통에 성문 앞이 금방 아수라장처럼 되어버렸다.

“어서 문을 열어라!”

여전히 전 속력으로 말을 몰아 달려들며 흑풍객이 버럭 소리쳤다.

“저, 저런 미친놈!”

“말을 세우지 못해!”

“잡아라!”

놀란 성병들이 소리치며 달려들지만 흑풍객은 개의치 않았다.

왼손으로는 말고삐를 쥔 채 오른손에 잔뜩 장력을 끌어 모은다.

후우웅—

그의 끝을 알 수 없을 만큼 깊고 커다란 내공이 모이자 주위에 은은히 파도치는 소리가 울려 퍼졌다.

무섭도록 압축된 기파가 진동을 하는 소리인 것이다.

무언가 수상한 낌새를 챈 관병 중 누군가가 소리쳤다.

"피해! 위험하다!"

그 즉시 관병들이 평소의 잘 훈련된 모습을 보여주듯이 좌우로 쫙 갈라졌고, 흑풍객이 그들 앞을 쏜살처럼 지나갔다.

"이얍!"

그가 저만큼 앞에 두터운 성문을 두고 낮고 힘찬 기합성을 터뜨렸다.

내력을 잔뜩 모아 쥐었던 오른손을 내뻗자 한줄기 위맹한 장력이 쭉, 뻗어나갔다.

기파의 요란한 소용돌이가 사방의 공기를 밀어내며 쿵! 하는 거대한 파열음을 터뜨렸다.

마치 거대한 충차(衝車)를 굴리는 것 같았다.

그것이 사람의 장력이 보여주는 위력이라고는 믿을 수 없을 지경이다.

쿠앙!

폭약을 터뜨린 것같이 어마어마한 폭음이 터져 나오고, 지진을 만난 것처럼 사방이 흔들렸다.

단 한 번의 장력에 굳센 빗장이 박살 나며 성문이 부서져 떨어졌다.

성벽마저 엄청난 진동을 감당하지 못하고 곧 무너질 것처럼 우르릉거리며 요동을 쳤다.

돌 부스러기가 우박처럼 쏟아져 내린다.

그 사이로 흑풍객이 바람처럼 달려 사라졌다.

자욱한 먼지가 가라앉을 때까지 관병들은 물론 사람들은 대체 제가 지금 무엇을 본 건지, 꿈을 꾸고 있는 건지 몰라 어리둥절해져 있기만 했다.

혹풍객이 향하고 있는 곳은 사천 남부, 운남과 경계를 이루고 있는 오련봉(五蓮峰) 서쪽의 뇌파현(雷波縣)이라는 곳이었다.
장강과 만나는 금사강(金沙江) 건너편이다.
그곳은 깊고 높은 산에 둘러싸인 곳인데, 남향사(南香寺)라고 하는 오래된 절이 있었다.
그 남향사는 영험한 와불상(臥佛像)이 있는 것으로 유명했다. 보름밤에 향을 올리고 소원을 빌면 이루어진다는 말이 있어서 참배객들의 발길이 끊이지 않는 곳이다.
그곳을 말해주면서 풍진걸개가 덧붙였다.
"주지는 법송이라고 하는 땡중인데 그건 상관없고, 거기 북쪽 골짜기를 따라 팔부 능선쯤 올라가면 작은 암자가 하나 있다. 불계암이라고 하는 곳인데 그 암자의 불당에는 부처님과 함께 칼 한 자루가 모셔져 있다는군."
풍진걸개는 마치 옛날 얘기책이라도 읽어주듯이 말했다.
"허, 알 수 없는 일이지 뭔가. 부처님을 모시고 정진수행해야 할 불당에 흉물스런 칼이라니. 어쨌든 아무도 그런 일이 있으리라고는 생각조차 하지 못할 테니 상관없기는 하지. 너는 바로 그 칼을 가져오면 되는 게야. 할 수 있지?"

그때 흑풍객이 고개를 갸웃거렸다.

"아무도 모른다니요?"

"응, 그 불계암이 실은 외부인의 출입이 차단된 금지이거든. 그래서 남향사의 주지와 몇몇 늙은 중들 빼고는 아무도 몰라."

"그럼 양 선배는 그걸 어떻게 안 거요?"

"나야 마음만 먹으면 세상 모든 일을 훤히 알 수 있는 사람 아니냐. 좌우당간에 너는 그 칼만 가져다가 내게 주면 돼. 그러면 지옥곡이 어떻게 되었는지 내가 죄다 갈해주마. 어때, 쉽지?"

"그 칼에 무슨 사연이라도 있소?"

"그런 건 알아서 뭐 하게? 사연이 있다면 네가 중간에서 가로채려고?"

"제기랄, 알았소. 그럼 어디서 만나면 되겠소?"

"열흘 뒤에 성도성 서쪽 밖 제운산에 있는 관제묘에서 보자."

"그럼 그때까지 서향이를 잘 부탁하오."

그리고 흑풍객은 그 길로 떠나왔던 것이다. 그게 사흘 전이었다.

풍진걸개는 곧장 성도로 갈 테니 열흘이면 놀면서 가도 충분한 거리였다.

하지만 흑풍객은 귀주를 벗어나 운남 땅으로 들어가야 하고, 그곳에서 사천의 남쪽 끝과 마주치는 곳까지 갔다가 다시

성도까지 거슬러 올라가야 하니 먹고 잘 새도 없이 바빠야 한
다.

그날 종일 말을 몰아 달린 흑풍객은 오련산 중턱에 이르러
말을 버렸다.

잘 훈련된 건마이지만 더 견디지 못하고 쓰러져 버렸던 것
이다.

잠시 숨을 돌린 흑풍객은 이내 산속으로 달려들어 갔다.

경공신법을 발휘하여 오련봉 남쪽 두 번째 봉우리 위에 올
라섰을 때는 이미 깜깜한 밤중이었다.

마침 보름이었던지라 둥근 달이 중천에 걸려 세상을 은은하
게 밝혀주었다.

정상에서 내려다보자 저 아래 달빛에 희게 반짝이며 유유히
흐르는 강줄기가 보였다. 금사강이다.

그리고 그 너머 낮은 산봉우리들 사이로 붉은 빛이 보였
다.

흑풍객은 그곳이 남향사임을 짐작했다. 보름밤이므로 영험
하다는 와불에게 소원을 빌려는 향화객들이 들끓고 있을 터였
다.

저 붉은 불빛은 그들이 내건 장명등이리라.

산을 내려가 강을 건너면 되니 한 시진이면 족하리라고 계
산한 흑풍객이 그 높은 벼랑 위에서 떨어지는 것처럼 훌쩍 몸
을 던졌다.

이제는 대체 그 불계암에 있다는 칼이 어떤 건지 궁금해져

서 더욱 서두르게 된다.

사연이 있는 칼임이 분명하고, 그것도 ㅅ시한 사연이 아닐
것이라는 생각이 들어서였다.

그렇지 않으면 세상일에 초연한 풍진걸개 양위허 같은 사람
이 그까짓 칼 한 자루를 탐낼 리가 없지 않은가.

第十一章
흑풍객(黑風客)의 위용

마룡의
후예

마룡의
후예

‘수상한 놈들이군.’

흑풍객 장하륜의 직감이 곤충의 더듬이처럼 예민해졌다.

그는 복면으로 얼굴을 가린 채 담장 아래의 어둠 속에 가만히 서 있었다.

그의 검은 옷과 달 그늘이 하나가 되었다.

바람처럼 소리없이 골짜기를 치달려 올라오는 동안 여섯 번이나 수상한 중들의 매복을 통과해야 했다.

그리고 풍진걸개가 말했던 불계암(佛戒庵)이라고 하는 작은 암자에 이르렀다.

겉으로 보기에 암자는 괴괴한 침묵 속에 잠겨 있는 적막한 곳일 뿐이었다.

그러나 흑풍객은 암자의 주위에서 다시 매복자들의 기척을 감지할 수 있었다.

숨소리마저 감추고 있을 만큼 대단한 자들이니 이런 일에 익숙한 고수들이 틀림없었다.

평범한 중들이 아닌 것이다.

그리고 지금, 암자 안에는 두 사람이 마주앉아 있었다.

불전의 문이야 굳게 닫혀 있어서 그 안의 사정을 알 수 없지만, 선방의 장짓문에 비치는 그림자는 중과 한 사람의 늙은이의 것이었다.

잠시 상황을 살펴본 흑풍객이 넘어지듯 땅에 엎드렸다.

배가 바닥에 닿기 직전 발끝으로 가볍게 땅을 걷어차자 그의 몸이 줄에 매달린 것처럼 앞으로 쭉, 미끄러져 갔다.

한 점의 바람 소리조차 내지 않고 십여 장 폭의 암자 앞마당을 건너가는 데 눈 깜짝할 시간밖에 걸리지 않았다.

검은 구름 한 덩이가 땅바닥에 달라붙어 쏜살같이 흘러가는 것 같았다.

암자의 기둥 아래 이른 흑풍객이 재빨리 뒤로 돌아갔다.

선방의 뒷벽에 이른 그가 다시 주위의 동정에 귀를 기울였지만 아무런 기척도 느껴지지 않았다.

'제기랄, 내가 고작 이런 짓이나 하고 있어야 하다니.'

스스로 한심한 생각이 들어 눈살을 찌푸렸던 흑풍객이 벽에 귀를 댔다. 그러자 선방 안의 대화가 곁에서 듣는 것처럼 생생하게 들려왔다.

선방 안에는 노스님과 한 사람의 깡마른 노인이 마주앉아
있었다.

상왕 황준보의 시종이었다가 지옥곡주의 신분이 되었던 바
로 그 사람.

추노로 불리던 흑염라 추과양이다.

지옥곡을 떠난 그가 지금은 이곳에 와서 노승과 마주앉아
무언가 은밀한 이야기를 하고 있었던 것이다.

"그래서, 자네의 말은 그것을 가져가겠다는 것인가?"

노승의 말투에는 약간의 불만이 어려 있었다.

추과양이 무표정한 얼굴을 끄덕였다.

"일이 이미 이렇게 되었으니 세상의 이목이 미치기 전에 대
비를 해야 하지 않겠소?"

"아미타불—"

낮게 불호를 외고 난 노승이 다시 말했다.

"하지만 삼보가 귀일하면 그분의 뜻을 어기는 게 되네."

"불계 당신은 그분의 참뜻이 어디어 있다고 생각하시오?"

"지키는 거지."

"바로 그렇소. 우리의 안전을 지키는 것이면서 또한 공생과
공존의 균형을 지키는 것이오."

"그것과 이것과 무슨 상관이 있겠나? 이것을 감춘 건 역시
지키고자 하는 그분의 뜻 아니었겠나?"

"비밀이 비록 일부라고는 해도 세상에 흘러나갔으니 위험
하지 않겠소?"

추노의 말에 노승이 한참이나 침묵했다.

밖에서 그들의 말을 엿들으면서 흑풍객은 대체 무슨 말을 하는 것인지 짐작할 수가 없었다.

무언가 심각하고 중요한 이야기를 하는 것 같은데 내용을 파악할 수 없으니 답답하기만 했다.

좀 더 일찍 왔어야 하는 건데 그렇지 못했다는 게 후회가 되지만 어쩔 수 없는 일이다.

흑풍객은 안에 있는 추노는 물론 불계라는 노승이 누구인지 조금도 알지 못하고 있었다.

그러니 그저 수상한 자들이 수상한 의논을 하고 있는 것으로 여길 뿐이다.

그들이 홍안적성과 지옥곡의 일을 이야기하고 있다는 걸 알았다면 머리끝이 곤두설 만큼 놀랐을 것이다.

무언가 수상하기 짝이 없는 암자이고, 수상한 자들이지만 흑풍객은 저와 상관없는 일이라고 생각했다.

오직 불당에 모셔져 있다는 칼만 가지고 가면 되는 것이다.

'이렇게 쉬운 일을 굳이 나에게 시켰단 말인가?'

그런 의문이 잠깐 들기도 했다.

이 정도의 일이라면 지금 개방의 사천 분타주인 소소독타 가양추를 보냈어도 충분하지 않았겠는가.

쓴 입맛을 다신 흑풍객이 추과양과 노승의 말을 엿듣는 걸 포기하고 슬며시 불당 뒤편으로 돌아갔다.

생각 같아서는 그저 이것저것 가릴 것 없이 대뜸 문을 박차고 들어가 풍진걸개가 말한 그 보도를 냉큼 집어들고 싶었다.

그리고 뚜벅뚜벅 걸어나오면 그만이다.

누가 앞을 가로막을 수 있겠는가.

흑풍객은 그렇게 할 수 없다는 게 불만이었다.

그렇게 한다면 통쾌하기는 하겠으나 천하의 흑풍객 장하륜이 도둑질을 했다는 말이 곧 세상에 퍼질 것이다.

세상 사람들이 뭐라고 떠들어대든 신경 쓰지 않으면 그뿐이지만 자존심을 으뜸으로 여기는 자기 자신에게 심히 부끄러운 일이 아닐 수 없다.

흑풍객이 두려워하는 건 오직 그것 한 가지뿐이었다.

그래서 도둑놈의 역할에 충실하기로 작정한 그가 벽에 손바닥을 붙였다.

자신의 절세신공인 혈옥신공(血玉神功)을 운기하자 장심에서 한 가닥 뜨겁고 맹렬한 기운이 소리없이 뻗어나갔다.

푸스스스─

단단한 흙벽이 그 즉시 새까맣게 타 들어가더니 재와 가루가 되어 우수수 쏟아졌고, 흑풍객이 빨려들 듯 안으로 스며들어 갔다.

향냄새가 가득한 불당 안에는 음침하고 음산한 기운이 감돌고 있었다.

흑풍객이 고개를 갸웃거렸다.

이 알 수 없는 스산한 기운이 왠지 불길하게 느껴졌던 것이다.

그것이 불단 아래에 놓여 있는 한 자루의 칼에서 흘러나오는 기운이라는 것을 인정하기 싫었다.

오래된 오동나무 함 속에 붉은 비단을 깔았고, 그 위에 잠자듯 들어 있는 칼 한 자루.

고풍한 가죽 칼집은 손때가 묻어 반질거렸다. 그리고 살아 있는 생명체인 것처럼 스스로의 기운을 뭉클뭉클 뿜어내고 있었다.

'대체 저것의 정체가 무엇이기에 그렇단 말인가?

흑풍객은 그 칼 앞에서 잠시 생각에 잠겼다.

지그시 노려보는 것이 칼이 아니라 싸워 이겨야 할 적을 대하는 것 같았다.

"흥."

그런 자신의 긴장이 못마땅한지 가볍게 코웃음을 친 흑풍객이 성큼 다가갔다.

오동나무 함의 뚜껑을 닫고 그것을 집어들었을 때였다.

쾅!

지붕에 구멍이 뚫리며 기와조각과 흙먼지들이 우박처럼 쏟아졌다.

흑풍객이 성큼 물러섰을 때 그의 주위에는 세 명의 건장한 화상이 내려서 있었다.

"아미타불."

"시주가 어떻게 여기까지 오게 되었는지는 묻지 않겠소."

"그 함을 내려놓고 물러간다면 아무 일 없을 것이오."

세 사람이 차례로 하는 말을 묵묵히 듣고 있던 흑풍객이 코웃음을 쳤다.

흑풍객은 몹시 불쾌했다.

자신의 기척을 노출시켰다는 것에 대한 불쾌감이니 그건 곧 조심스럽지 못했던 자기 자신에 대한 불만이기도 했다.

스산한 기운을 발하는 한 자루의 칼 앞에서 저도 모르게 잠깐이지만 당황하여 평정심을 잃었던 탓이라고 생각하자 더욱 그랬다.

긴장할 만한 적도 아니고 기껏 생명없는 칼 한 자루 때문에 당황한 자신의 못난 꼴이 싫어졌다.

그 노여움이 천천히 세 명의 화상에게로 향한다.

그리고 또 두 사람이 놀라고 화가 잔뜩 난 얼굴을 한 채 다가와 불당 밖을 지키고 섰다.

선방 안에서 밀담을 나누고 있던 추과양과 늙은 화상이었다.

쓴 입맛을 다신 흑풍객이 일부러 어금니를 물고 어눌한 음성으로 말했다.

"비켜라. 그러면 살 수 있을 것이다"

"아미타불―"

흑풍객의 말에서 그가 멋쩍게 돌아갈 의사가 없다는 걸 확인한 세 화상이 한목소리로 불호를 외기 무섭게 두 손을 크게 휘둘러 내력을 끌어 모았다.

그러자 좁은 불당 안에 후우웅, 하는 기음이 가득 차고, 기파의 소용돌이가 먼지와 향연을 말아 올려 허공을 뒤덮었다.

눈을 뜰 수 없는 그 혼란이 못마땅한 듯 흑풍객이 잔뜩 눈살을 찌푸렸다.

"합!"

세 화상이 일제히 장력을 날리며 삼면에서 쳐들어온 것과, 흑풍객이 "갈!" 하는 기합성을 터뜨린 게 동시였다.

쿵!

그가 한 발을 구르자 암자 전체가 우르릉거리며 요동을 쳤다.

삐거덕거리며 기둥과 서까래가 곧 무너질 듯이 흔들리고, 바닥의 돌판이 어긋나고 깨지는 소리가 요란하게 터져 나왔다.

흑풍객을 들이치던 세 화상이 잠깐 중심을 잃고 흔들렸다.

그 촌각의 순간에 흑풍객은 세 번 손짓을 해서 그들 세 명의 우락부락하게 생긴 화상들을 잠재웠다.

피잉, 하고 허공을 가르는 휘파람 소리가 들린 것 같았는데, 세 화상은 마치 지척에서 쏘아댄 쇠뇌에 가슴을 꿰뚫린 것처럼 펄쩍 뛰어오르더니 비명을 지를 새도 없이 나뒹굴었다.

흑풍객의 수많은 절기 중 하나인 절혼지(絶魂指)라는 지력에 맞은 것이다.

그것은 소림사가 자랑하는 탄지신통과 견주어도 결코 손색이 없는 초절한 신공이었다.

창졸간에 쏟아져 나온 그 지력을 세 화상이 당할 수 있을 리가 없다.

그들의 가슴에는 콩알만 한 구멍이 뚫려 있었는데, 그리로 가느다란 핏물이 조금씩 스며 나오고 있었다.

절명.

단번에 세 명의 화상을, 그것도 불당 안에서 죽였지만 흑풍객은 조금의 거리낌도 없었다.

그가 성큼 불당 밖으로 나갔다.

콰르르르—

그의 등 뒤에서 불당이 기어이 요란한 소리를 내며 무너져 버렸다.

흙먼지가 자욱하게 일어 하늘을 가린다.

불당 앞의 마당에는 이제 십여 명이나 되는 화상들이 들끓고 있었다.

그 짧은 시간에 불당 주위에 흩어져 있던 개복자들이 죄다 모여든 것이다.

하나같이 그 운신과 기도에 있어서 고수의 풍모를 느끼게 해주는 자들이었다.

그들이 무너진 불당에는 눈길조차 주지 않고 흑풍객을 에워쌌다.

그들은 불당 안에 있던 세 화상이 죽었다는 것만 알 뿐, 눈앞의 흑의복면인이 어떻게 했는지 조금도 알지 못하고 있었다.

그러므로 두려움 따위는 느낄 새도 없이 오직 분노에 사로

잡혀 살기등등했다.

흑풍객의 마음은 더욱 차갑게 가라앉았다.

이미 들킨 이상 모두 죽여 입을 막아버릴 작정을 한 것이다.

"아미타불—"

늙은 화상이 합장하고 나서 근엄한 얼굴로 말했다.

"시주가 누구인지, 무엇 때문에 이곳에 와 청정도량을 어지럽힌 건지는 묻지 않겠소. 그 칼을 나에게 주고 돌아가시기 바랄 뿐이오."

"핫! 청정도량이라고?"

흑풍객이 큰 소리로 비웃었다.

수상하기 짝이 없는 중들이 모여서 음모를 꾸미고 있는 곳이 청정도량이라면 이 세상에 청정도량 아닌 곳이 없을 것이다.

"이놈!"

냉엄한 얼굴만으로 치자면 결코 흑풍객의 아래가 아닌 것으로 보이는 추노, 흑염라 추과양이 기어이 버럭 소리쳤다.

"부처님의 자비는 끝이 없으나 나의 인내에는 한계가 있다!"

그래서? 라고 묻는 듯 흑풍객이 그를 바라보았다.

검은 복면 사이로 번쩍이는 눈빛이 번갯불이 치는 것 같아서 추과양은 잠깐 움찔했다.

그러나 이대로 물러설 수 없는 게 지금의 그의 심정이고 모두의 심정이었다.

추과양이 노승의 승포 자락을 끌고 뒤로 물러서며 차갑게
외쳤다.

"죽여라!"

그 즉시 흑풍객을 둘러싸고 있던 십여 명의 젊은 중들이 "이
얍!" 하는 기합성을 터뜨리며 일제히 달려들었다.

흑풍객은 한 손으로 칼이 든 오동나무 상자를 들고 있었으
므로 한 손만 자유로웠다.

젊은 중들이 살기를 뿌리며 흉흉하게 달려들고 있지만 아무
것도 보지 못하는 것처럼 오연하게 턱을 치켜들고 우뚝 서 있
었다.

마치 하늘에 떠 있는 둥근 보름달을 감상하는 것 같았다.

콰르릉—

사방에서 바위라도 부술 듯한 장력이 밀려들었다.

그것이 곧 흑풍객의 온몸을 짓이기고 갈가리 찢어놓을 것처
럼 위태로워 보이는 순간이었다.

번쩍!

흰 빛 한줄기가 사방을 휘감았다.

하늘에서 갑자기 영사(靈蛇)라도 뚝 떨어진 것일까?

"끄아악—"

꿈틀거리는 그 하연 빛줄기 속에서 참담한 비명 소리가 울
려 퍼졌다.

잘려진 육편(肉片)이 허공을 날고, 붉은 피가 달빛마저 붉게
물들이며 하늘로 뿜어졌다.

사방이 비릿한 혈향(血香)으로 물들어 신선하던 밤바람이 역겨워졌다.

투두두둑—

하늘로 날아올랐던 육편들이 요란한 소리를 내며 사방에 흩어져 떨어졌다. 역겨운 냄새가 확 퍼져 나간다.

다들 입이 얼어붙은 것처럼 아무 말도 하지 못했다.

놀람이 지나쳐 넋이 나가 버린 것 같다.

흑풍객은 여전히 턱을 치켜든 채 오연하게 서 있었는데, 한 손에 언제 꺼내 들었던 것인지 가늘고 긴 노끈 같은 것을 쥐고 있었다.

바람에 하늘거리며 흔들리는 그것이 희고 창백한 빛을 사방으로 뿌려댔다.

대체 그게 무엇인지 알 수 없었다.

노끈 같으면서 은삭(銀索) 같기도 하고, 가느다란 채찍 같기도 한 그것의 정체를 아는 사람은 그들 중 오직 한 사람뿐이었다.

"절혼은삭!"

무겁고 답답한 침묵의 시간이 얼마나 지났을까.

흑염라 추과양이 비로소 버럭 소리쳤다.

절혼은삭(絕魂銀索).

그것은 이무기의 힘줄에 백화철(白花鐵)을 실낱같이 늘여 함께 꼬아 만든 특이한 물건이었다.

질기기가 천잠사를 꼰 것과 같은데, 백화철의 날카로움과

굳셈이 더해졌으니 능히 바위를 쪼개고 아름드리 나무를 휘감
아 절단할 수 있는 능력을 보인다.

그런 특이한 물건을 병장기로 사용하는 사람은 이 세상에서
단 한 사람뿐이었다.

흑풍객은 십팔반 병장기에 두루 능통하여 무공이 복잡했다.
그가 대체 얼마나 많은 절기들을 지니고 있는지 아는 사람이
아무도 없다.

그중에서도 특히 검법과 절혼은삭으로 떨치는 절기가 상상
을 불허할 만큼 대단했다.

"흑풍객 장하륜!"

추과양이 다시 버럭 소리쳤는데, 놀람과 분노와 당황한 심
정이 뒤범벅되어 짐승이 울부짖는 것처럼 이상한 외침이 되었
다.

"아!"

추노의 말에 모든 사람들이 일제히 악몽에서 깨어났다.

창백하게 질린 얼굴로 주춤거리며 물러선다.

그를 들이쳤던 사람들 중 반수인 다섯 명이나 되는 무승(武
僧)들이 단 한 번의 격돌에서 천참만륙으로 찢어져 죽었다는
게 현실로 느껴진다.

"너는 그 말을 하지 말았어야 했다."

흑풍객이 얼굴을 가리고 있던 복면을 벗었다.

달빛 아래 조각해 놓은 것처럼 싸늘하게 굳어 있는 그의 얼
굴이 드러났다.

흑풍객의 진면목을 보는 건 모두 처음이었다. 흑염라 추과양도 마찬가지다.

그들의 얼굴에 긴장과 두려움이 떠올랐다.

흑풍객이 자신의 진면목을 드러냈다는 게 어떤 의미인지 잘 알기 때문이다.

모두 죽인다.

살인멸구의 의지를 그보다 더 잘 드러낼 수는 없다.

그들이 흑풍객을 처음 보듯 흑풍객 또한 그랬다.

흑염라 추과양의 이름은 오래전에 들어 알고 있었지만 한 번도 마주쳐 본 적은 없었다. 늙은 화상에 대해서도 그렇다.

"백도십천의 천주인 당신이 이런 파렴치한 짓을 하다니, 부끄럽지도 않소?"

추과양의 날카로운 말이 흑풍객의 가슴을 찔렀다.

그가 가장 두려워하던 게 바로 그 말 아니던가.

그러므로 반드시 모두 죽여서 입을 막아야 한다.

그렇게 재삼 결심한 흑풍객이 흐흐, 하고 낮은 음소를 흘렸다.

흑염라 추과양과 늙은 화상이 서로 마주보았다.

짧은 그 순간에 수많은 말들이 이심전심으로 오갔다.

보도를 포기하고 안전을 도모하느냐, 목숨을 걸고라도 보도를 다시 빼앗을 것이냐, 하는 결정을 하기가 쉽지 않다.

눈빛을 나누고 그 속에서 서로의 마음을 확인한 두 사람이 동시에 앞으로 나섰다.

노승이 이제는 아미타불마저 생략한 채 잔뜩 긴장한 음성으로 물었다.

"이곳을 어떻게 알고 찾아왔으며, 이곳에 그 칼이 있다는 건 또 어떻게 알았고, 당신이 그것을 탐내는 이유는 또 무엇이오?"

누구나 궁금하게 여기는 것이다.

그러나 흑풍객에게는 그런 질문에 친절하게 대답해 주고 싶은 마음이 조금도 없었다.

"말이 길다."

쿵!

한 발을 내딛자 조금 전 불당이 흔들리다가 기어이 무너졌듯 다시 땅을 뒤흔드는 진동이 왔다.

"제왕천보."

늙은 화상이 무거워진 얼굴을 하고 침통하게 중얼거렸다.

제왕천보(帝王天步).

그것은 흑풍객만이 가지고 있는 또 하나의 절기였다.

내력을 발에 실어 땅을 구르는 것인데, 내력의 고하에 따라 작게는 바위를 흔들고 크게는 조금 전에 보여준 것처럼 전각을 무너뜨리는 위력이 있었다.

그러므로 흑풍객을 상대하는 자에게는 그의 한 걸음, 한 걸음이 그대로 재앙이 될 수밖에 없다.

"이렇게 보낼 수는 없다!"

추과양이 버럭 소리쳤다.

어느새 그도 품에 지니고 다니던 연검 한 자루를 풀어 쥐고 있었다.

요사하게 흔들리는 검신에 달빛이 반사되어 새파란 검광을 어지럽게 뿌린다.

강호에 연검을 사용하는 자는 흔치 않았다.

어지간한 내력이 없고서는 쓸 수 없는 병장기인지라 연검을 무기로 삼는 자치고 고수 아닌 자가 없다.

추과양의 연검을 본 흑풍객이 다시 "흥!" 하고 싸늘한 코웃음을 쳤다.

"아미타불, 어쩔 수 없구려."

늙은 화상도 더 이상 양보할 수 없다는 듯 목에 걸고 있던 백팔염주를 풀어 들었다.

화상의 무기는 바로 그 염주인 모양이었다.

자세히 보니 커다란 대추알만 한 염주는 단단하기 짝이 없다는 흑요석(黑瑤石)을 깎아 만든 것이었다.

거무튀튀한 빛으로 번쩍이면서 부딪칠 때마다 쩌르릉, 하고 묵직한 소리를 냈다.

철보다 무겁고 단단한 게 흑요석이니 그것을 일백팔 개나 꿰어 만든 염주의 무게는 상당할 것이다.

그것을 유심히 살펴보던 흑풍객의 얼굴이 더욱 냉엄해졌다.

두 눈에서 무시무시한 안광을 와르르 쏟아내며 늙은 화상을 노려본다.

"이제 보니 너는 마교의 혈존자였구나. 흥, 이곳이 마교의 소굴이었을 줄이야."

혈존자(血尊者)로 불리는 사람은 이 세상에 딱 한 사람이 있을 뿐이었다.

사람들이 마불(魔佛)이라고 불렀던 홍안조성의 절정고수 두음굉(斗吟宏)이 바로 그 사람이다.

그는 흑염라 추과양과 함께 마교의 십대호법으로 꼽히던 자였다.

교주와 장로 다음의 위치를 차지하고 있는 열 명의 초절정고수들이 바로 십대호법이다.

십대천마가 있으나 그들은 마교의 직계마저 벗어난 초월적인 존재들이었으므로 언제나 경외의 대상이었을 뿐 누구에게도 구속받지 않았다.

유일하게 교주인 절대천마 풍약헌의 명령을 받았을 뿐인데 그 풍약헌이 사라진 지금은 십대천마 한 명 한 명이 그대로 독립된 마교의 하늘이라고 해도 과언이 아니었다.

백도십천이 어디에도 속하지 않은 채 천주라는 호칭으로 불리며 백도의 우상이 되어 있는 것과 같다.

흑풍객이 혈존자 두음굉을 알아본 건 염주 때문이었다.

목에 걸고 있을 때는 그러려니 했는데 그것을 무기로 사용하려는 것을 보고 짐작한 것이다.

"무림맹과의 대전에서 죽었다고 하더니 멀쩡하게 살아 이런 곳에 숨어 있었군."

흑풍객의 얼굴에 문득 어두운 그림자가 스쳐 지나갔다.

과거에 죽었다고 알려졌던 대마두 한 명이 이렇게 버젓이
살아 있으니 얼마나 더 많은 마두들이 여전히 살아 있는 건지
모를 일이기 때문이다.

"너는?"

그가 턱짓으로 추과양을 가리켰다.

추과양이 연검을 거꾸로 쥐고 포권하며 말했다.

"흑풍객께서 나 같은 자의 이름을 들어 보았는지 모르겠소
이다. 나는 사람들이 흑염라라고 불러주었던 추과양이라오."

"무엇이?"

흑풍객이 눈살을 찌푸렸다.

그 또한 무림맹과의 치열한 싸움에서 실종된 자로 알려졌던
것이다.

죽었는지 살았는지 모르지만 그 이후 한 번도 강호에 모습
을 드러내지 않았으므로 이제는 다들 그가 죽었다고 여기고
있었다.

마교의 선봉장 중 한 명이자 십대호법 중의 한 명인 추과양
까지 이렇게 눈앞에 나타나자 흑풍객의 머릿속은 혼란스러워
지고 말았다.

'도대체 마교의 무리가 강호에서 사라지긴 한 건가?

그런 의문을 품지 않을 수 없다.

아직까지 강호에 이곳, 남향사와 불계암의 정체가 밝혀지지
않고 있었으니 그렇다.

'절대천마 풍약헌이 정말 죽은 건가? 정말 사라진 건가?

이제는 그런 의문마저 품지 않을 수 없었다.

흑풍객이 절혼은삭을 허공에 휘둘렀다.

짜악—

채찍으로 허공을 후려친 것처럼 날카로운 소리가 나더니 그것이 빳빳하게 펴진다.

하늘거리던 은삭이 마치 길고 가느다란 회초리처럼 변했다.

후웅—

터질 듯한 내공을 싣고 스스로 부르르 떨겨 스산한 울림을 토해내는 그것을 바라보는 자들의 눈에 언뜻 두려움이 스쳐갔다.

"와라!"

흑풍객이 냉엄하게 외쳤다. 그들이 마교의 잔당임을 알았으니 살초를 펼침에 있어서 한 점의 거리낌도 없었다. 오히려 잘된 일이라고 생각한다.

더 시간을 끌면 본사인 남향사에 숨어 있건 마승들까지 죄다 몰려올 것이다. 그전에 모조리 죽여 버리고 이곳을 뜨겠다는 게 흑풍객의 생각이었다.

그리고 그럴 자신도 있다.

절혼은삭으로 펼치는 절초 탈명오경(奪命五勁)은 자비가 없는 죽음의 초식 아니던가.

비록 흑염라 추과양과 혈존자 두음굉이 꺼려할 만한 고수이지만 흑풍객은 다섯 초 안에 그들을 해치울 작정이었다. 그래서 천하제일을 다투기에 부족함이 없는 신공을 한껏 끌어올려 절혼은삭에 실었다.

풍약헌과 싸웠던 십육 년 전에 한 번 이처럼 내력을 십이성 끌어올려 보았을 뿐, 그 뒤로는 그래 본 적이 없었다.

그러니 실로 오랜만에 자신의 신공을 마음껏 펼쳐 보게 된지라 가슴이 벅차오르기도 했다.

서로 눈짓을 주고받은 흑염라 추과양과 혈존자 두음굉이 기합성도 없이 좌우에서 벼락처럼 달려들었다.

피잉—

추과양의 연검이 뇌전처럼 허공을 가르고, 혈존자의 염주가 촤르륵, 하는 기음을 토해내며 꿈틀거렸다.

그들 또한 필생의 공력을 남김없이 끌어올리고 있었다.

십천의 천주 중 한 명인 흑풍객을 상대하기에는 그래도 부족할지 모른다는 일말의 불안감을 떨쳐 버릴 수 없다.

그러나 그들은 동귀어진이라도 하고 말리라는 지독한 각오로 그 불안감을 씻어냈다.

콰르릉—

혈존자의 염주알 부딪치는 소리가 이제는 우렛소리처럼 웅장해졌고, 허공을 찢어대는 추과양의 연검에서도 한줄기 창백하고 굳센 검기가 뻗어 나와 뇌전을 휘두르는 것처럼 보였다.

"좋도다!"

흑풍객이 온몸을 갈기갈기 찢어대고 짓이겨낼 것처럼 무섭게 쇄도해 드는 폭풍 같은 강기 속에서 호쾌하게 외쳤다.

실로 얼마 만인가.

그는 할 수만 있다면 이 상황을 오래 즐기고 싶었다.

그러나 그 즐거움을 위해 목숨을 내버릴 수야 없지 않은가.

추과양의 검기가 목전에 이르고, 혈존자의 백팔염주가 채찍처럼 몸뚱이를 휘감아올 때에 이르러서야 비로소 흑풍객이 움직였다.

가볍게 어깨를 떨며 손목을 털듯이 움직이는 그 단순한 동작 속에 태산이라도 밀어버릴 것 같은 막중한 내력이 실렸다.

쐐애액, 하는 파공성이 귀청을 찢을 듯이 날카롭게 울려 퍼지고, 가늘고 긴 회초리가 되어버린 절혼은삭이 몸부림을 치듯 허공을 때리고 휘감았다.

따다당!

그것이 부딪쳐 가는 곳마다 폭죽을 터뜨린 것 같은 폭음이 연이어 터져 나왔다.

기파의 회오리가 사방으로 맹렬하게 밀려 나갔다.

그들의 싸움을 지켜보던 다섯 무승들이 중심을 잃고 비틀거릴 때 추과양은 피가 나도록 입술을 악물어야 했다.

온몸에 가해지는 그 지독한 압박에 심장이 터질 것 같았던 것이다.

그건 혈존자도 마찬가지였다.

그의 눈은 핏발이 선 채 금방이라도 밖으로 튀어나올 듯했다.

악문 이 사이로 한줄기 선혈이 흘러내렸다.

콰앙!

　매섭게 휘둘러 후려친 흑풍객의 절혼은삭이 기어이 추과양의 연검과 부딪치고 말았다.

　짜자작, 하는 요란한 소리와 함께 연검이 수십 토막이 되어 허공에 뿌려졌고, 추과양의 목이 그것을 뒤따르듯 둥실 떠올랐다.

　촤악―

　선혈이 허공을 온통 붉게 물들이며 뿜어진다.

　"이놈!"

　악에 받친 혈존자가 비통한 부르짖음 같은 외침을 터뜨렸다.

　얼굴이 시뻘겋게 달아올랐고, 온몸의 혈관이 곧 터질 것처럼 부풀어 올라 흉측한 몰골로 변했다.

　핏발 선 눈을 부릅뜨고 이를 악문 얼굴은 악귀의 그것과 다름없었다.

　추과양의 죽음을 본 혈존자가 최후의 절초를 펼쳤다.

　이얏! 하는 기합성과 함께 한 번 맹렬하게 염주를 떨치자 그것들이 알알이 흩어져서 유성우처럼 허공을 가르고 쏟아졌다.

　수많은 무림의 명숙들을 죽였던 마교의 절기.

　유성마정(流星魔精)이라는 것이다.

　일백팔 개의 염주알이 유성처럼 온몸에 쏟아져 들어오지만 흑풍객은 조금도 두려워하지 않았다.

　"흥!"

　싸늘한 코웃음과 함께 절혼은삭을 풍차처럼 휘둘러 온몸을 보호했는데, 달빛마저도 그 은막을 뚫지 못했다.

쿠콰콰쾅─

염주알이 절혼은삭의 은막에 부딪칠 때마다 요란한 폭발음이 터져 나왔다.

새파란 불똥이 불꽃놀이를 하는 것처럼 온 하늘에 가득해졌고 사방으로 튕겨져 나가는 염주알들은 그대로 철환이 되었다.

그것들이 애꿎은 무승들의 머리와 가슴을 관통해 버렸다.

"끄아악!"

처절한 비명 소리가 밤하늘을 뒤덮을 때, 다른 곳으로 튕겨져 나간 염주알들은 바위든 나무든 가리지 않고 뚫고 박혀 버렸다.

쾅!

마지막 염주알이 튕겨져 나갔다.

그리고 흑풍객의 절혼은삭이 뇌전이 되어 그대로 폭사되었다.

쉬아앙─

귀청을 찢을 듯한 소리.

그것이 혈존자 두음굉이 이 세상에서 마지막으로 들은 소리였다.

퍽!

미간을 뚫고 뒤통수로 빠져나온 절혼은삭을 움켜쥔 혈존자의 눈이 경악과 불신으로 터질 것처럼 커졌다.

그것을 마주보는 흑풍객의 얼굴은 여전히 차갑고 무감정하기만 했다.

그가 가볍게 손목을 털었다. 그러자 좌아악, 하는 끔찍한 소리가 혈존자의 머리통 속에서 울려 나왔다.

그리고 그것이 안에서 폭발한 것처럼 터져 피와 뇌수를 흩뿌리며 허공으로 흩어져 사라졌다.

한때 세상을 두려움으로 떨게 했던 홍안적성의 두 절정고수가 거의 동시에 죽어버린 것이다.

그들이 이 이름조차 알려지지 않은 산속의 암자에서 고작 흑풍객 장하륜의 흉성을 만족시켜 주는 제물이 되어버리고 만 것을 세상은 알지 못할 것이다.

삐이이ㅡ

길게 휘파람을 불어 한껏 끌어올렸던 내공의 여력을 허공으로 뿜어버린 흑풍객이 훌쩍 몸을 날렸다.

한 마리의 커다란 밤새가 된 듯이 이내 어둠 속으로 사라져 버린다.

第十二章
전풍(全風)의 뇌전도(雷電刀)

마룡의
후예

"대체 이 물건이 무엇이기에?"

오련봉의 정상에 선 흑풍객이 눈살을 찌푸렸다.

저 멀리 내려다보이는 산봉우리들 사이로 여전히 남향사의 불빛은 밤하늘을 붉게 물들이며 빛나고 있었다.

오동나무 상자를 내려놓은 흑풍객이 지그시 그것을 노려보았다.

대체 이 칼이 무엇이기에 풍진걸개 같은 기인이 탐을 내는 것이며, 추과양과 두음굉 같은 마두가 목숨을 걸고 지키려고 했던 것인지 궁금해진다.

상자를 지그시 노려보던 흑풍객이 그것을 벌컥 열어젖혔다. 그러자 그 안에 갇혀 있던 음산하고 괴이한 기운이 왈칵 밀려들었다.

역시 칼이 뿜어내고 있는 기운이다.

"으음—"

침음성을 흘린 흑풍객이 잠시 망설이더니 칼을 꺼내 들었다.

묵직하다.

칼자루를 잡자 즉시 한줄기 서늘한 기운이 가슴까지 파고드는 것이어서 또 한 번 흠칫, 놀라게 된다.

"이것은 마물이로군."

보도(寶刀)라기보다 마물(魔物)이라고 해야 할 것이다.

잠시 망설이던 흑풍객이 칼을 힘껏 뽑았다.

창, 하는 맑고 경쾌한 소리와 함께 보도가 드디어 모습을 드러냈다.

투명하도록 맑은 도신(刀身)에 달빛이 어룽져 신비한 빛으로 번쩍였다.

칼은 묵직했다. 그리고 뽑히기 전보다 더욱 강하게 제 기운을 뿜어냈다.

그것을 손에 들자 흑풍객은 마음껏 휘둘러보고 싶은 충동에 휩싸였다. 참아내기가 힘들다.

칼이 스스로 뿜어내고 있는 기운이 어느덧 살기가 되어 그의 가슴을 쿵쾅거리며 뛰게 하고 있었다.

스스로 피를 찾아 허공을 긋고 찍어댈 것 같은 느낌.

그것은 과연 마물이 틀림없었다.

누가 되었든 저를 쥔 자에게 마성을 뿌려서 미친 살인귀로 만들어 버리지 않고서는 만족하지 못할 것 같다.

그것을 통제할 수 있는 자는 드물 것이다

"으음—"

흑풍객이 어금니 사이로 스산한 신음성을 흘렸다.

자신의 고강한 내공과 인내심으로 겨우 칼의 마성을 누를 수 있을 정도이니 한낱 쇳덩이에 불과한 그것의 무서움에 치가 떨릴 지경이 되었다.

"대체 얼마나 많은 사람의 피와 영혼을 빨아들였단 말인가? 이것은 세상에 존재해서는 안 되는 물건이 틀림없다."

흑풍객이 칼을 꾸짖듯 근엄하게 달했다.

칼이 제가 죽인 자들의 피와 영혼을 빨아들이며 점점 마성을 키워갔던 것이라고 생각하지 않을 수 없었던 것이다.

칼 몸에는 〈일도굉천(一刀轟天) 무극일쾌(無極一快)〉라는 문구가 음각되어 있었다.

흑풍객은 그것이 이 칼의 본래 주인이 사겨 넣은 것임을 짐작했다. 그렇다면 그 두 구절의 의미는 곧 이 칼의 정신이고 그것을 지녔던 자의 무공의 요체이리라.

도신에는 구름을 가르고 내리꽂히는 뇌전의 문양이 가득했는데, 그 사이사이에 알 수 없는 기이한 선들이 좌우로 어지럽게 뻗어 있었다.

뇌전의 문양은 원래의 것이고 그 어지러운 선들은 뒤에 새겨 넣은 것임이 분명했다.

그렇다면 어떤 의도를 가지고 그렇게 했을 텐데 그게 무엇인지 알 수가 없다.

"휴, 과연 이것을 풍진걸개에게 가져다주어야 할지 말아야 할지 모르겠구나. 어렵다, 어려워."

칼을 다시 칼집에 꽂아 넣은 흑풍객이 머리를 설레설레 흔들었다.

*   *   *

그들은 모닥불 가에 둘러앉아 얻어온 밥과 고기를 데우고, 훔쳐 온 닭을 불에 구우며 시시덕거리고 있었다.

그 모습이 영락없이 저자를 기웃거리는 못된 거지들과 다름 없었던지라 흑풍객이 혀를 찼다.

"쯧쯧, 양 형은 대체 나이를 거꾸로 먹어가는 것이오? 하는 짓마다 고약하기만 하니 체통이 서겠소?"

후딱 돌아본 풍진걸개가 누런 이를 드러내고 히히, 웃었다.

"다녀왔느냐? 시간을 용케도 맞추었구나. 이리 앉아라. 밥과 고기를 나누어 주마."

눈을 흘긴 흑풍객이 이번에는 위서향을 나무랐다.

"너는 과년한 아가씨가 거지들과 어울려 시시덕거리며 훔쳐 온 닭이 익기를 기다리고 있으니 그게 무슨 꼴이냐? 너도 이제는 저들과 함께 거지가 되기로 한 것이냐?"

위서향이 제 옷자락에 숯검댕이 묻은 손을 닦으며 밝게 웃었다.

"이게 다 장 숙부님의 가르침을 받은 탓 아니겠어요?"

흑풍객이 눈을 부라렸다.

"아니, 내가 언제 너에게 거지가 되라고 가르쳤단 말이냐?"

"숙부님은 어디에 구애받지 말고 마음 내키는 대로 자유롭게 사는 게 행복한 거라고 하지 않으셨나요? 저는 지금 몸소 그 가르침을 따르고 있는 중이랍니다."

"이런, 이런, 쯧쯧—"

흑풍객이 여전히 못마땅한 듯 혀를 찼다.

위서향이 저렇게 천연덕스럽게 말대꾸를 하는 것도 그렇고, 곱던 제 꼴이 더럽고 지저분해지는 걸 상관하지 않는 것도 마음에 들지 않았다.

한 가지 다행스런 점이라면 늘 어둡고 우울한 얼굴을 하고 있던 그녀가 어느덧 밝은 본래의 제 얼굴을 되찾고 있다는 것이었다.

성도성 밖 서쪽 제운산은 숲이 울창하고 사나운 짐승이 종종 출몰하는 곳이라 평소에도 사람들의 발길이 뜸했다.

관제묘는 그 중턱, 하늘을 찌를 듯이 치솟은 측백나무 숲속에 있었다.

오래전에는 관리하는 사람을 두었던 모양이나 지금은 내왕하는 향화객의 발길이 끊어진 채 버려져서 여기저기 담이 무너지고 벽이 헐었다.

귀신이라도 머물 듯 을씨년스럽게 변한 터라 더욱 찾는 사람이 없어서 괴괴하기만 한 곳이다.

그런 곳에서 이 야심한 밤에 모닥불을 피워놓고 고기를 구우며 시시덕거리는 괴이한 행색의 인간들이 있으니 누가 본다면 도깨비들이라고 기겁을 하고 나자빠졌을 것이다.

오늘이 풍진걸개가 흑풍객에게 말했던 그 열흘의 마지막 날이었다.

흑풍객은 남향사 불계암을 떠난 후 날짜에 맞추어 오느라 제대로 쉬지도 못하고 갖은 고생을 다했다.

그런데 풍진걸개 등은 이토록 한가하게 시시덕거리고 있는 것 아닌가.

부아가 날 수밖에 없는 일이다.

그러나 문제는 이곳에 있는 자들 중 누구도 그런 자기의 눈치를 보지 않는다는 것이었다.

저 괘씸한 개방의 거지들이야 풍진걸개를 믿으니 그렇다고 쳐도 위서향마저 저렇게 뻔뻔해져 있는 데에는 기가 막히기도 했다.

풍진걸개가 있으니 성질대로 할 수도 없는 일이라 흑풍객은 더욱 토라졌다.

"여기 물건을 가져왔으니 이제 말해주시오."

흑풍객이 칼이 든 오동나무 상자를 내밀었다.

건네주기 싫은 듯 매우 아쉬워하는 기색이 가득했다.

그것을 본 풍진걸개의 입이 함지박만 하게 벌어졌다.

"히히, 가져왔구나. 드디어 이것이 내 손에 들어오는구나. 지화자."

냉큼 손을 뻗어 상자를 받아 들며 어깨춤마저 덩실덩실 추는 것이 정말로 좋아 죽겠다는 듯했다.

그것을 얻기 위해 흑풍객이 어떤 짓을 했는지에 대해서는 조금도 관심이 없었다.

아니, 어쩌면 이미 다 짐작하고 있는 건지도 모를 일이다.

흑풍객이 팔짱을 끼고 서서 그런 풍진걸개를 노려보며 매섭게 말했다.

"자, 이제 지옥곡이 어떻게 되었는지 말해 주시지요?"

"흘흘, 너는 이게 어떤 물건인지 아느냐?"

풍진걸개가 말머리를 돌려 엉뚱한 소리를 하지만 흑풍객은 불만을 말할 수가 없었다.

그 또한 저 괴이한 칼의 정체가 궁금했기 때문이다.

풍진걸개가 망설임없이 칼을 뽑아 들었다.

그 즉시 싸늘한 칼빛과 함께 기이한 기운이 뻗어 나와 주위를 스산하게 했다.

"아!"

호기심으로 바라보던 위서향이 부르르 돋을 떨며 물러섰고, 개방의 거지들도 마찬가지였다.

칼을 바라보는 그들의 눈에 하나같이 두려움이 떠올랐다.

그것이 뿜어내고 있는 살기를 느낀 것이다.

"그건 마물이오. 내 생각에는 장장 깊은 곳에 던져 넣어 다시는 세상에 나오지 못하도록 해야 좋을 것 같소이다."

흑풍객이 근엄하게 말하지만 풍진걸개는 대꾸하지 않았다.

　여태까지의 장난기 많던 얼굴은 간데없고, 진지하고 엄숙하기 짝이 없는 표정이 되어 뚫어지게 도신을 바라보기만 했다.
　"아, 아쉽구나, 아쉬워."
　한참 만에야 풍진걸개가 칼을 다시 칼집에 꽂아 넣고 길게 탄식했다.
　"대체 뭐가 그리 아쉽다는 거요?"
　"우선 네가 궁금하게 여기고 있는 지옥곡에 대해서 말해주마."
　풍진걸개가 정색을 하고 바로 앉았다.
　근엄한 중에 감히 범접할 수 없는 기세가 꿈틀거리며 일어났는데, 장엄한 것이 마치 득도한 고승의 모습을 보는 것 같았다.
　"지옥곡은 사천 어디에도 없다. 그곳은 호북과 사천의 경계를 이루는 구룡협에 있었지."
　"구룡협?"
　들어보지 못한 이름이다.
　풍진걸개의 말이 계속되었다.
　"그곳을 찾아내기 위해서 지난 일 년 동안 우리 개방의 호북과 사천에 있는 모든 제자가 동원되어 죽을 고생을 했느니라."
　개방의 정보력으로도 일 년이나 찾아 헤맸다는 데에 흑풍객이 낮게 신음했다.
　"그러나 제자들이 그곳을 찾았을 때 지옥곡은 이미 폐쇄되었더군. 다들 어디로 떠나고 아무도 없었다는구나."

“폐쇄되다니?”

흑풍객이 버럭 소리쳤다.

“그 안으로 끌려간 자들은 그럼 어떻게 되었다는 거요?”

“그거야 알 수 없지. 다들 죽었을 확률이 높지 않겠느냐?”

“어허!”

흑풍객의 반응에 풍진걸개가 의아하게 바라보았다.

“너는 그런 곳이 있다는 걸 어떻게 알았으며, 또 왜 그처럼 놀라는 것이냐?”

“알 것 없소.”

흑풍객이 차갑게 말하고 멍하니 허공을 바라보았다.

그는 표사군을 걱정하고 있는 중이었다.

그가 보내온 정보를 통해 지옥곡이 사천 어디엔가 있으리라고 짐작했는데 그게 틀렸으며, 그곳에 잠입시켰던 표사군마저 소식이 끊어졌으므로 불안해하고 있던 터였다.

그런데 풍진걸개가 그곳에 들어갔던 자들이 모두 죽었을 것이라고 하는 말을 듣자 표사군을 그곳으로 보낸 일이 깊이 후회되었다.

‘소림사로 가봐야겠구나.’

흑풍객은 그런 자신의 속마음을 풍진걸개에게 들키지 않도록 하기 위해 노력했다.

표사군이 그리 쉽게 죽었을 리는 없다고 믿었다.

아니, 그런 믿음을 갖기 위해 애썼다.

그리고 자신의 믿음대로 그가 살아서 그곳을 빠져나왔다면 소림사로 돌아갔을 것이라고 생각했다.

풍진걸개의 무심한 말이 계속되었다.

"그 지옥곡이 마교의 무리가 제이의 절대천마를 탄생시키기 위해 심혈을 기울여 만든 곳이었다는군."

"으음—"

흑풍객이 깊은 침음성을 흘렸다.

자신도 그와 같은 낌새를 느꼈기에 감쪽같이 감추어두고 있던 제자인 표사군을 잠입시켰던 것 아니던가.

풍진걸개가 은밀한 눈길을 건넸다.

"너도 알고 있겠지? 지옥곡에서 선발된 자를 그들이 어디로 데리고 갈지 말이다."

천마비동이다.

흑풍객이 눈살을 살짝 찌푸렸다.

자신만 알고 있는 비밀이라고 생각했던 것이다. 바로 그것을 확인하기 위해서 표사군을 보낸 것이기도 하다.

그런데 눈치를 보니 풍진걸개 또한 천마비동의 존재에 대해서 알고 있는 것 같았다.

'음흉한 늙은 거지 같으니.'

흑풍객이 속으로는 욕을 하면서도 천천히 고개를 끄덕였다.

"그렇소. 그런데 양 선배 말고 또 아는 사람이 있소?"

"흘흘, 그거야 알 수 없지. 다들 너처럼 음흉한 놈들이니 말이다. 그 속을 들여다볼 수가 있어야 말이지."

그 말속에서 흑풍객은 그가 십천 모두를 의심하고 있다는 걸 느꼈다.

'하긴……'

흑풍객이 내심 고개를 끄덕였다.

자신만 해도 천마비동의 존재를 알고 있었으면서 아무에게
도 말하지 않고 감쪽같이 속여왔지 않았던가.

다른 사람들이 그렇게 한다고 해서 탓할 수 없다.

"그 지옥곡을 관장하던 자가 누구인지 아느냐?"

"알지 못하오."

"흘흘, 들으면 놀랄 게다. 바로 마교의 호법이자 무림맹과의
정사대전 때에 선봉장으로 악명을 날렸던 대마두이지. 너도
들어보았을 게다, 흑염라 추과양이라그."

"으헛!"

풍진걸개의 말에 흑풍객이 기겁을 했다.

"지금 누구라고 했소? 정말 흑염라 추과양이란 말이오? 그
가 지옥곡주였다고요?"

"그렇다니까. 그런데 왜 그렇게 놀라느냐? 오라, 죽었다고
알려졌던 놈이 버젓이 살아서 지옥곡주 노릇을 하고 있었다니
까 그런 거냐?"

"이런, 이런, 젠장! 왜 진작 말해주지 않았소? 내가 그 칼을
가져오기 위해 누구를 죽였는지 아시오?"

"내가 어찌 알겠느냐?"

"바로 그 추과양이라는 마두였단 말이오!"

"무엇이!"

이번에는 풍진걸개가 놀라 비명을 지르며 눈을 부릅떴다.

"이런, 이런, 멍청한 놈 같으니! 그놈을 보았으면 사로잡아 와야지 죽여 버리면 어떻게 해!"

"제기랄, 그러니까 내가 양 선배를 원망하는 것 아니오. 왜 진작 말해주지 않았느냐고."

"어허, 지옥곡의 비밀을 밝혀내고 그곳에 대한 단서를 얻을 절호의 기회를 놓쳤구나. 아깝도다, 아까워."

땅을 치며 한탄한 풍진걸개가 중얼거렸다.

"하지만 어쩌리요, 그놈이 하필 그때에 불계암에 와 있을 것이라고 누가 알았겠는가 말이다. 그러니 이건 하늘이 아직도 마교 놈들을 돕고 있다는 표시인지도 모르겠구나. 쯧쯧—"

혀를 차며 거푸 한숨을 내쉬더니 다시 말했다.

"그럼, 또 한 놈도 죽였겠지?"

"양 선배가 말하는 자가 바로 혈존자 두음굉이라면 틀림없이 죽였소."

"흘흘, 그건 잘했구나."

"이제 보니 양 선배는 그 빌어먹을 암자에 혈존자라는 놈이 살아서 숨어 있다는 걸 알고 있었구려? 나에게 칼을 훔쳐 오라고 한 건 곧 그놈을 죽이라는 의미도 되었던 거야. 그렇지 않소?"

"흘흘, 어쨌든 잘했다."

두음굉이 그곳에 숨어 있으니 개방의 제자들을 보낼 수 없었던 것이다.

"이제 그 칼이 대체 어떤 물건인지 말해주시오."

"이것 말이냐?"

풍진걸개가 급히 칼을 등 뒤로 감추었다.

"히히, 이걸 모르는 놈은 아마 너뿐일 것이다. 너는 이걸 한 번도 본 적이 없지?"

"그렇소."

"흘흘, 그래서 내가 굳이 너를 시켜 이것을 가져오게 했던 거야. 다른 놈들이라면 이것을 본 즉시 들고 튀어버렸을 테니까 말이다."

흑풍객은 그 '다른 놈들'이 바로 십천의 나머지 천주들을 두고 하는 말임을 짐작했다.

'그렇다면 저 칼이 그만큼 중요하다는 것 아닌가?'

그런 의문이 새삼 들 수밖에 없다.

"대체 그게 어떤 물건인지 정말 궁금하구려."

"일대 쾌도왕 전풍이 쓰던 칼이지. 뇌전도라고 하는 것이다."

"그래요?"

쾌도왕 전풍(全風)의 뇌전도(雷電刀)라는 말을 듣자 흑풍객이 더욱 눈살을 찌푸렸다.

전풍의 악명이 어땠는지는 익히 들어 잘 알그 있었다.

쾌도왕 전풍은 과거 막강한 명성을 날리던 마교의 무신(武神)이었던 것이다.

십천의 천주들이 모두 그와 한 번 겨루어브기를 원했지만 그들 중 전풍과 싸워본 자는 을목장주 관패호가 유일했다.

두 사람은 주야에 걸쳐 무려 오백여 초를 서로 치고 받았으나 끝내 승부를 내지 못했다고 했다.

전풍은 유유히 떠났고, 관패호는 그동안 자신이 게을렀던 것을 한탄하며 여섯 달 동안 폐관수련에 들어갔었다고 한다.

'어쩌면 그때 관패호가 전풍에게 당했던 건지도 모르지.'

흑풍객은 그 말을 들었을 때 그렇게 생각하고 비웃었다.

폐관수련은 거짓말이고, 부상을 치료하느라고 정양했을 것이라는 게 흑풍객의 생각이었던 것이다.

그 쾌도왕 전풍이 쓰던 칼을 똑똑히 본 사람은 그러므로 관패호밖에 없다고 해야 할 것이다.

다른 자들은 쾌도왕의 칼을 본 즉시 죽었고, 그렇지 않은 자는 구경하지 못했을 것이니 그렇다.

쾌도왕은 어지간한 자에게는 자신의 칼조차 뽑지 않았던 것이다.

떨어진 장도를 주워 들어 휘두르거나 몽둥이를 칼 삼아 휘둘렀는데, 그것마저 제대로 당해내는 자가 드물었다.

그러나 쾌도왕의 칼이 보도 중의 보도이면서 지독한 마기를 띠고 있는 마물이라는 건 오래전부터 무림에 파다하게 퍼진 소문이었다.

하지만 그것만이라면 풍진걸개가 그 칼을 이처럼 탐냈을 리가 없다.

"말을 꺼낸 김에 다 털어놓으시오."

흑풍객이 윽박지르듯 바라보자 풍진걸개가 어깨를 으쓱하

고 할 수 없다는 듯 입을 열었다.

"그래, 이것을 가져온 공이 있으니 너에게만 살짝 말해주마. 바로 이 칼 안에 그곳에 대한 비밀의 일부가 감추어져 있느니라."

다른 사람들은 풍진걸개의 말속에 종종 거론되는 '그곳'이 대체 무얼 의미하는 건지 알지 못해 어리둥절했지만 흑풍객은 그렇지 않았다.

그곳이 바로 천마비동을 말하는 것임을 너무나 잘 안다.

"억!"

풍진걸개의 말에 흑풍객이 비명을 터뜨렸다.

"이런, 젠장! 염 선배는 나를 속였군!"

"흘흘, 그 말을 진작 해주었다면 네가 이처럼 얌전하게 이 물건을 내게로 가지고 왔겠느냐?"

흑풍객은 분한 숨을 내쉴 수밖에 없었다.

"덤으로 한 가지 더 가르쳐 주지. 그러면 너는 더 억울하게 여기지 않아도 될 것이다."

"그게 뭐요?"

"그곳의 비밀을 감춘 물건이 세 개가 있다. 그러니 세 가지 보물이 이 세상에 있는 셈이지. 그중 한 개가 바로 이 전풍의 뇌전도이고 다른 두 개는……."

거기에 이르러서 풍진걸개는 이제까지와는 다르게 전음을 사용했다.

[풍뢰경(風雷鏡)과 황룡패(黃龍牌)가 그것이지. 그 세 가지

물건이 한곳에 모이면 천마비동을 열 수 있다고 한다.]

"아!"

그건 흑풍객도 처음 듣는 말이었다.

그가 역시 전음을 사용해 급히 물었다.

[한 개는 이제 양 선배의 손에 들어갔고, 나머지 두 개는 그럼 어디에 있소?]

[모르지.]

간단하다. 하지만 흑풍객은 그가 거짓말을 한다고는 생각하지 않았다.

"이제 그걸 어쩔 셈이오?"

풍진걸개가 히죽 웃었다.

"보물에는 임자가 있는 거라고 하지 않던가? 내가 하늘이 정해준 임자라면 좋겠지만 그렇지 않으면 머지않아 임자가 나타나 가져가겠지."

"응? 양 선배는 그걸 누구에게 줄 셈이오?"

풍진걸개가 대답하지 않고 흘흘, 웃기만 했다.

그러나 그것이 긍정이라는 걸 알아챈 흑풍객이 진지하게 말했다.

"그 물건이 양 선배의 손에 있으면 나는 물론 누구도 감히 빼앗을 생각을 하지 못할 거요. 하지만 다른 자의 손에 넘어간다면 사정이 다르지."

"너는 그때까지 기다렸다가 빼앗을 셈이로구나?"

"그거야 알 수 없지 않소? 내가 그 보물의 주인이라면 내 손으로 들어오겠지.”

“흘흘, 과연 그렇게 될까?”

비웃음을 흘린다.

지그시 그런 풍진걸개를 바라보던 흑풍객이 화난 얼굴로 위서향에게 말했다.

“이곳에서의 일은 이제 다 끝났으니 어서 가자.”

위서향이 머뭇거리며 일어섰고, 흑풍객은 뒤도 돌아보지 않고 떠났다.

위서향이 자꾸만 돌아보며 흑풍객의 뒤를 따르지만 풍진걸개는 꿈쩍도 하지 않았다.

“왜 따라오지 않는 걸까요? 제 곁에 찰싹 달라붙어 있겠다고 하시더니…….”

위서향이 서운한 듯 묻자 흑풍객이 코웃음을 쳤다.

“흥, 그동안 늙은 거지와 정이 단단히 들었던 모양이구나?”

“의외로 재미있고 순진한 분이세요. 냄새가 나서 좀 그렇지만…….”

그 말속에는 ‘당신은 재미도 없고 순진하지도 않다’ 는 비난이 들어 있었으나 흑풍객은 상관하지 않았다.

“우리가 어디에 있든 그가 마음먹으면 언제든지 다시 찾아올 테니 걱정할 것 없다.”

*　　　*　　　*

그 무렵 단운도는 겨우 산을 벗어나 작은 산골 마을에 내려
와 있었다.

마을 사람들에게 물어보고 나서야 비로소 자신이 내려온 저
산이 구룡산이라는 걸 알았다.

아홉 개의 높은 산들이 첩첩이 겹쳐 있어서 하나의 산맥을
이루고 있는 곳이니 그곳 어디에 지옥곡이 있었던 건지 이제
는 다시 찾아갈 자신이 없었다.

정신없이 달아나고 또 헤매고 다니다가 겨우 벗어난 탓이라
그렇다.

이렇게 바깥에서 바라보니 그것이 얼마나 크고 높은 산인지
실감이 났다.

주 봉우리만 아홉 개이니 거기에 딸린 크고 작은 봉우리들
은 셀 수도 없이 많을 것이다.

거기 어디에 지옥곡이 있다고 한들 길을 모르는 한 찾아갈
수가 없는 것이다.

운도가 도착한 산 아래 마을은 화전을 일구고 살아가는 소
박한 촌민들이 모여 자연스레 촌을 이룬 곳이었다.

궁색하기 짝이 없어 보이는 십여 호의 가구가 산비탈에 의
지해서 옹기종기 모여 있었다.

젊은 남자들은 사냥을 하거나 약초를 캐기 위해 종일 산을
헤집고 다녔고, 나이 많은 노인과 여자들은 화전으로 일군 밭
에 종일 매달렸다.

철없는 아이들이야 가난을 모른다. 모두가 저희들처럼 그렇

게 사는 줄로 믿는 것이다.

그래서 서로 어울려 야생 과일을 따러 가거나 개울에 가 천렵을 하며 시시덕거렸다.

가난하지만 평화로운 촌마을.

운도는 바깥 사람들이 궁촌(窮村)이라고 부르는 그 외진 마을에 잠시 저를 의탁하기로 했다.

촌장은 거지나 다름없는 행색을 하고 있는 운도를 딱하게 여겨 기꺼이 받아주었다.

잠은 촌장 집의 헛간에서 자고 낮에는 밭일을 거들어주는 대가로 세 끼 식사를 해결했다.

척박한 땅이라 소출도 적어서 조와 보리, 수수가 구 할이나 섞인 거친 밥과 산나물 반찬 두어 가지가 전부였는데, 그것도 점심에만 그렇게 먹을 수 있었다.

아침은 대개 감자 두어 덩어리로 때웠고, 저녁은 거르거나 보릿가루로 만든 거친 떡 한 덩어리로 때우기 일쑤였다.

그러나 운도에게는 여태까지 먹어본 그 어떤 음식보다 그것들이 달았다.

세상을 잊고 사는 평화와 고요가 무엇인지 맛볼 수 있었기 때문이다.

운도가 머무는 헛간은 외양간으로 쓰던 곳이었다.

대충 통나무를 얼기설기 엮고 그 위에 엉성한 지붕을 얹은 것이라 밤이면 엇갈린 서까래 사이로 별들이 보였다.

그곳에서 운도는 마음 편하게 제 몸에 가해진 금제를 풀기 위한 시간을 가졌다.

그때 돌집을 떠나기 전에 추노나 쾌도왕에게 폐혈을 풀어달라고 했으면 될 일이나 그렇게 하지 않은 건 자존심 때문이었다.

그러나 때로는 그때 뒤도 돌아보지 않고 그냥 떠나온 게 후회가 되기도 했다.

궁촌에서 머문 지 어느덧 한 달이 되어가는데 아직도 폐혈을 풀 방법을 찾아내지 못했던 것이다.

그날도 운도는 달빛 쏟아져 들어오는 헛간의 짚무더기 위에 가부좌를 틀고 앉아 해혈할 방법을 깊이 연구하고 있었다.

사부로부터 배웠던 내공심법의 묘용과, 장왕 진사곤에게서 배웠던 운기구결로도 여전히 폐혈을 뚫을 수가 없었다.

무리해서 운기할 때마다 단전에 비수로 찌르는 것 같은 고통이 몰려와 밤새 식은땀을 흘리며 끙끙 앓기만 할 뿐이었다.

또 무엇이 있을까, 고민하던 운도의 머릿속에 하나의 생각이 떠올랐다.

바로 풍사곡에 있을 때부터 익혔던 천마심공이다.

운도는 그것이 마교의 신공절학이고, 추노 역시 마교의 무공과 심법을 익힌 자라는 걸 생각하고 어쩌면 그 안에 해법이 있을지도 모른다는 희망을 가졌다.

그래서 열흘 전부터는 온 정신을 모아 자신의 머릿속에 들어 있는 천마심공의 심법 구결들을 연구하고 있는 중이었다.

때로는 글자 하나에 담겨 있는 뜻을 밤새 되새겨 보기도 했고, 때로는 한 구절에 들어 있는 많은 의미들을 며칠 밤을 두고 연구하기도 했다.

그 결과 천마심공에 대한 운도의 이해 수준은 풍사곡에 있을 때와는 비교할 수 없이 깊고 높아져 갔다.

그때는 다만 심공의 운기법대로 조식하여 내공을 증진하는 재미에만 빠져 있지 않았던가.

그로부터 다시 보름이 지났을 때쯤 운도는 천마심공의 제삼 편인 운기도해(運氣圖解)편을 되짚어보고 있었다.

벌써 스무 번도 넘게 되새겨보는 것이라 이제는 지겨울 만도 하건만 운도에게는 조금도 그렇지 않았다.

글자 하나, 자구 하나에 얼마나 깊은 뜻과 깊은 갈래가 감추어져 있었던 건지 되새기면 되새길수록 새로운 것을 발견하고 깨닫게 되는 재미에 푹 빠졌던 것이다.

그러니 천마심공은 하나의 심공 구결이 아니라 그 안에 수많은 다른 절세신공절학들을 감추고 있는 보물이나 마찬가지였다.

누가 그것을 얻어 어떤 방향으로 해석하고 받아들이느냐에 따라 같은 심공 안에서 전혀 다른 신공이 만들어질 수도 있는 것이다.

그렇게 운기도해를 더듬어가던 운도의 머릿속에 한줄기 밝은 섬광이 스치고 지나갔다.

단 몇 줄로 되어 있는 한 단락의 구결을 떠올리고 있을 때였다.

잠심이거대천공(潛心以居對天空:마음에 잠겨 하늘의 공허함과
마주하는 데에 거하라)
기이직내경이방외(氣以直內勁以方外:기로는 안을 바르게 하고
굳셈으로는 밖을 바르게 하라)

운도는 그 구절에서 한줄기 밝은 빛을 보았다.

그것은 기를 북돋우는 양기(養氣)의 비법이었는데, 무념무
아의 상태에 도달하는 것을 근간으로 삼는 구절이었다.

집념과 목적을 버리고 공허한 상태로 돌아가면 비로소 한 가
닥 진원지기를 이끌어낼 수 있게 되리라는 것을 말해주고 있다.

그러면 그것을 굳세게 지켜 잘못된 것을 바르게 하는 비결
을 담고 있었던 것이다.

운도는 그 구결에서 구활(求活)의 묘법을 보았다.

그건 마(魔)가 아니라 정(正)이면서 또한 살(殺)이 아니라
활(活)이었고, 멈춤이 아니라 움직임이었다.

그리고 제 스스로 그렇게 되어가도록 방임하는 것이면서 또
한 통제하는 것이기도 했다.

의식을 방임하고 굳셈을 다스리는 것이다.

"경(勁)에는 사경(死勁)도 있고 활경(活勁)도 있다."

운도가 마음속의 말들을 중얼거리기 시작했다.

깨우침이 의식하지 못하는 사이에 저절로 그렇게 말이 되어
흘러나오는 것이다.

"그저 경에 집착함으로 인해 양기함에 있어서 활의(活意)로

써 이를 다스리지 아니하고 그 곧음과 구브러짐을 판별하지 아니한다면 영활(靈活)치 못할 것이다."

그건 천마심공의 심오한 뜻이었다.

이른바 오의(奧意)라고 하는 그것이다.

운도는 저도 모르는 사이에 무아의 경지 속에서 누구로부터 배운 바 없이 천마심공의 그 깊은 뜻을 스스로 깨달아가고 있었던 것이다.

그 넘쳐 나는 기쁨이 중얼거림이 되어 샘물처럼 솟아 흘러 나온다.

"고요하면 기의 순경(順勁)과 불경(不勁)함을 살피고, 움직이면 그것의 의(意)와 운행을 살펴야 한다. 그리하여 기와 경이 끊어지지 않게 하면 끊임없이 순환되어 안과 밖에 두루 통할 것이다."

운도는 제 자신이 저의 사부가 되었다.

그리하여 그 두 줄의 구결을 줄기로 삼아서 나머지 편들과 연결되는 구결들을 집중적으로 연구했다.

그리고 닷새 뒤부터 그렇게 해서 자신이 깨달은 방법에 따라 운기조식에 들어가기 시작했다.

그러자 놀랍게도 단전을 찌르는 듯하던 고통이 사라지고 그 대신 한 가닥 따뜻한 원양지기가 스멀스멀 피어오르는 것이었다.

그건 내공이 아니라 스스로의 생명력 속에 깃들어 있던 기운이었으므로 폐혈의 방해를 받지 않았다.

운도는 그것을 굳센 것으로 연단하는 데에 심혈을 기울였다.

그렇게 하기를 다시 보름.

드디어 무형의 원양지기가 형체를 갖게 되었다.

제멋대로 혈맥 속에 흩어져 흘러가던 기운이 운도의 뜻에 따라 일정한 흐름을 갖게 되었던 것이다. 그것이 원양지기의 형체였다.

운도는 그것을 천천히 전신 삼백육십 대혈로 순환시켜 갔다.

그러는 동안 어느덧 이곳, 궁촌에 들어온 지 두 달이 지나 석 달째에 접어들고 있었다.

운도는 어미의 뱃속에서 열 달을 참고 있다가 드디어 세상에 나오는 어린아이처럼 자신을 감추고 웅크린 채 겨울을 맞았다.

그는 이 궁촌이야말로 어머니의 자궁 속 같은 곳이라고 생각했다.

이곳에서 다시 태어나는 날 예전의 제가 아닌 새로운 존재가 될 것이라는 믿음으로 매일매일이 기쁘고 즐거웠다.

그렇게 겨울이 깊어가고 또 봄이 다가올 무렵 운도는 새로운 탄생의 준비를 마쳐 가고 있었다.

『마룡의 후예』 4권 끝

長虹貫日

장홍관일

월인 新무협 판타지 소설

세상은 언제나 정의가 승리하고,
그래서 사필귀정(事必歸正)이라고?

개소리!

세상은 나쁜 놈들이 지배하지.
그러나 그놈들은 아주 교활해서 절대로 나쁜 놈처럼 안 보이지.
현재 무림을 지배하고 있는 백도의 어떤 인간들처럼……

암제혈로

설경구
新무협 판타지 소설

—떠나세요, 가능한 한 멀리.
—하나만 기억하세요. 일단 살아남아야 후일을 도모할 수 있습니다.
—떠나.

오랫동안 연락이 두절되었던 이들이 약속이라도 한 듯 찾아와
꺼낸 이야기들과 함께 시작되는 집요한 추적.
그리고 거대한 음모에 휘말려 억울한 누명을 쓴 채로
오직 살아남기 위해 필사적으로 도주하는 한 사내, 진가흔.

"왜 하필 나입니까?"
"자네가 가장 적당하기 때문이지."
"아시겠지만 그를 죽인 것은 제가 아닙니다."
"물론 알고 있네. 그런데 말일세… 그래도 그를 죽인 것이 자네라는
사실은 변하지 않네."

누구를 믿어야 할까.
적아도 명확하지 않은 상황에서 이유조차 모른 채 도주하던
한 사내의 역습이 시작된다.

유행이 아닌 자유추구 —
WWW.chungeoram.com
Book Publishing CHUNGEORAM